JN252313

原作――ちばあきお
小説――山田明

キャプテン

Captain

Akio Chiba
Akira Yamada

それが青春なんだ

Gakken

―谷口編―

野球の名門・青葉学院から、無名の墨谷二中に、転校生がやってきた。
彼の名は谷口タカオ。
ところが、期待された谷口の実力は、いたって平凡なものだった。
実は、谷口は、青葉学院の野球部で「2軍の補欠」だったのだ。
周囲の期待とのギャップに悩んだ谷口は、野球部をやめることを決意する。
そんな谷口を、父が、厳しい言葉ではげました。
「だったら、練習して、青葉のレギュラーぐらいにうまくなれ」と。
父との特訓で力をつけた谷口は、夏の大会で代打として起用される。
必死にくらいつくが……、結果は三振だった。
そして3年生が引退する日、新チームのキャプテンが発表された。
新キャプテンは、谷口。
青葉からの転校生としてではなく、陰の努力で、谷口は認められたのだ。
谷口のもと、墨谷二中は、厳しい練習でチーム力を高めていく。
そして、迎えた地区大会の決勝戦。
相手は、あの因縁の青葉学院だった……。

※谷口編の内容は、『キャプテン　君は何かができる』に、収録されています。

―丸井編―

谷口たち3年生が引退した。
新キャプテンに指名された丸井は、いきなり猛練習を開始する。
しかし、チームの現状を見ようとせず、一人で突っ走る丸井のやり方は、
いつしか部員たちから反発を受けていた。
そんな中で迎えた秋の大会。墨谷二中は、まさかの1回戦負けを喫する。
感情的に、チームメイトのミスを責める丸井。
そんな丸井に、敗戦の翌日、部員たちから声があがった。
「丸井に、キャプテンをやめてもらおう」と。
キャプテン降格を受け入れる丸井。
ただ、丸井はチームの再起のため、いち早く練習試合を決めてきていた。
チームのことを、いちばん、考えているのは誰なのか……？
丸井の思いを知った部員たちは、あらためて、丸井をキャプテンに迎えた。
実力ナンバー1のイガラシの助言を参考にしながら、
丸井は、墨谷二中を強豪校へと成長させていく。
そして、青葉学院との決勝戦。それは、まれにみる死闘となった……。

※丸井編の内容は、『キャプテン　答えより大事なもの』に、収録されています。

墨谷二中　野球部の仲間たち

イガラシ――主人公。実力ナンバー1のキャプテン。右投げ両打ち。ポジションは、ピッチャーとサード。

3年生――久保（センター）、小室（キャッチャー）。

2年生――近藤（ピッチャーとライト）、曽根（ショート）、牧野（レフト）。

1年生――佐藤（ファースト）、慎二（セカンド）、松尾（サードとライト）。

大西夏樹――女子バスケットボール部のキャプテン。

杉田――顧問の先生。

丸井――野球部OB。前キャプテン。

谷口タカオ――野球部OB。2年前のキャプテン。

カバー・本文イラスト――loundraw
ブックデザイン――arcoinc
編集協力――宮澤孝子、佐藤玲子
DTP――マウスワークス

プロローグ

「お疲れ」

和合中のエースの中川が、なんの屈託もない笑顔で手を差し出してきた。

でも……。

どうしても俺は、中川と握手することができなかった。

もし〝圧敗〟という言葉があるのなら、まさに今日の俺たちの負けっぷりのことをいうのだろう。

夏の全国大会の1回戦。

俺たち墨谷二中は、和合中学を相手に、0対17の大差で負けた。

「俺たちに勝ったんだ。このまま優勝して、日本一になってくれ」

キャプテンの丸井さんが、和合のキャプテンと握手をしながら、笑顔でそんなことを言っている。

なにをバカなこと言ってるんだ。

大差で敗れたというのに、まるで対等みたいな口の利き方じゃないか。

その笑顔はなんだ。

こうまでカンタンに吹っ飛ばされて、悔しくないのかよ……。

たとえスポーツマン失格だと言われても、俺は、中川にエールを送ることがどうしてもできなかった。

俺が握手をしないので、中川は手を宙に浮かせたまま、少し戸惑っている。

俺は、そんな中川の大きな体を見上げる。

デカい。ウチの近藤よりも一回りは大きい。おそらく190センチ近くはあるだろう。その巨体から投げ下ろすストレートは、今まで見たどんなピッチャーの球より、重くて打ちにくかった。

こいつは、俺と同じ中学2年。

こんなすごい奴が同じ学年にいたのか。

いや、中川だけじゃない。和合中の主力は、俺と同じ2年生ばかりだった。エースの中川、キャッチャーの森口、そして4番バッターの下坂。この三人に、俺たちは試合でさんざんな目にあわされた。

結局、最後まで俺は、中川と握手をしなかった。

中川は、少し肩をすくめて、それでも何事もなかったかのように、仲間たちとベンチに戻っていった。

「イガラシ、お疲れ」

ベンチに戻りながら、丸井さんが声をかけてきた。

「まぁ、俺たちはケガ人だらけだったし、しょうがねえよ」

そう言って丸井さんが笑顔を見せた。

丸井さんの声や表情が、どこかスッキリとしている。大差で負けたとはいえ、ここは全国大会。俺たちは、地区大会で初めて優勝したからこそ、この大会に出場することができた。しかも、地区大会の決勝で倒（たお）した相手は、あの青葉学院（あおばがくいん）だ。すごいことだ。

丸井さんは、ある程度、今の結果に満足しているのかもしれない。

でも……。


だから負けたんだ。


今は、ハッキリとわかる。

俺たちは、地区大会の決勝で青葉を倒したことで、満足してしまっていた。それは、きっと俺も同じだ。

だから、俺に丸井さんを責める資格なんかない。

「イガラシ、あとは頼んだぞ。もう、わかってると思うけど、次のキャプテンはお前だから」

並んで歩きながら、丸井さんが言った。

「はい」

ようやく声を出すことができた。

正式なキャプテンの発表は、いつも夏休みの最後の練習の日になる。でも、キャプテン就任は予想していたことだし、今ここで言われてよかったと思う。

次のキャプテンは俺だ。

俺は負けない。絶対に。

頭の中が、じわじわと熱くなってきた。

悔しい。悔しい。こんな負け方をして、悔しくないなんてどうかしている。

なにかが込み上げてくる。

でも、こんなことで泣いてたまるか。俺はくちびるを噛み、その痛みで涙をこらえた。

グラウンドを振り返った。

必ず、この舞台に、俺は帰ってくる。必ず、和合中にリベンジしてやる。いや、それだけじゃダメだ。「打倒・青葉」を目標にしすぎたからこそ、俺たちは青葉に勝って燃え尽きてしまった。

「打倒・和合」なんてやめよう。


すべての試合で勝つ。


これを俺たちの目標にするんだ。

究極、パーフェクト。

言葉はなんだっていい。目標をとことん高く設定して、それに向けてガムシャラに突き進んでいこう。

夏の大会だけじゃない。秋や春の大会、そして練習試合だって俺たちは負けない。なにを犠牲にしてでも、俺は、それを成し遂げてみせる。

「おい、イガラシ、どこに行くんだ!?」

背後から丸井さんの声が聞こえた。

気がついたら、俺は和合中のベンチに向かって走っていた。考えるより先に、体が動き出していた。俺の視線の先には、中川がいた。

「中川！」

グラウンドを突っ切って走ってきた俺を見て、中川が驚いている。

「中川、覚悟しとけ！ 俺たちはムチャクチャ強くなって帰ってくる。次はお前を打つ！ 打ち崩す！ 来年の日本一は、俺たちだ！」

中川をはじめ、和合の連中がキョトンとした顔で俺を見ている。「なにを言ってるんだ、こいつ？」という表情で、冷笑を浮かべている奴もいる。でも、かまうことはない。これは俺なりの宣戦布告だ。

「イガラシ、だっけ？ それはムリだ」

中川が、大まじめな顔で言葉を返した。

「俺たちがいるからな。俺たちは、日本一になるために死ぬほど練習してきた。それが今日の結果だ。それに……」

一呼吸おいて、中川が続けた。

「来年の俺たちはもっと強い。これからも、厳しい練習を続けるからな。お前たちには、追いつかせないよ」

それだけ言うと、中川は、仲間たちと一緒にベンチを出ていった。

誰もいなくなった和合のベンチを、俺は一人で見つめる。

悔しかった。

けど、ありがたい。

こんな強敵がいるんだ。

目標が難しければ難しいほど、やりがいがある。

今、完全に俺の中で火がついた。とことんやってやろう。今日から一年間、圧倒的な強さを求めて。

必ずやってみせる。

墨谷二中野球部を、俺は最強にするんだ！

1st

イニング

〈イガラシ〉

「失礼します」

そう言って、俺は職員室を出た。そして、小さくガッツポーズをする。

やった！　やったぞ!!

すぐにでも走って、みんなに知らせに行きたい。けれど、職員室前の廊下を走るのはマズい。はやる気持ちを抑え、俺は昇降口に向かって早足で歩く。そして、外に出ると、すぐに俺は走り出した。もういてもたってもいられない気分だった。

四月。

今日から俺は墨谷二中の3年生になった。

かなり散ってしまった桜の木の下を走り、俺はグラウンドへと急ぐ。

校舎の角を曲がり、グラウンドが見渡せる場所まで来た。ホームベースのあたりに、たくさんの入部希望者が集まっている。みんなジャージを着て、すぐにでも動ける準備をしている。

「イガラシ、遅いぞ！」

走ってきた俺を見て、副キャプテンの久保が言った。

「見ろ。入部希望者だ！　こんなに集まってるぞ！」

「悪い。すぐ着替えるから、待っててくれ」

それだけ言って部室へと走る。が、１秒だってムダにしたくない。俺は立ち止まり、久保に向き直った。

「久保！　悪いけど、準備体操を始めといてくれ。すぐに練習を始めたいから！」

久保が、なにをそんなに急いでいるんだという顔で俺を見ている。でも、今の俺には、それすら説明をする時間がおしい。

「とにかく頼んだぞ。今日からガンガンいくから！」

そう言って走り出した。が……、

「イガラシさ～ん！」

と、近藤に呼び止められた。俺は立ち止まり、近藤を見る。こいつ、俺が急いでいるのが見えないのか？

「なんだ、近藤？」

「弟さん、メッチャ似てますねぇ」

近藤がニコニコとして言った。

近藤の隣には、弟の慎二がいた。慎二は、俺を見て、ちょっと困ったような、すまなそうな表情をしている。

「そんなこと知ってる！」

それだけ叫んで、すぐに走り出した。

二つ年下の慎二も、今日から野球部に入った。もちろん、本人から聞いていたので驚きはない。それに、俺たち二人がよく似ているというのは、昔からさんざん親戚たちから言われてきたことだ。野球部の連中からすると、新鮮でおもしろい話題かもしれないが、俺たちにしてみれば、ウンザリするほど聞き飽きた話だ。第一、兄弟なんだから、似ていても不思議じゃないだろうに。

とにかく急ごう。そして、みんなにビッグニュースを伝えるんだ。

*

「よく聞いてくれ！」

ユニフォームに着替えた俺は、野球部員たちの前に立ち、こう切り出した。

「この春に選抜（せんばつ）大会が開かれることになった。全国大会だ。その大会に、俺たちは出場する。墨谷二中が選抜されたんだ！」

そう言ってみんなの顔を見まわした。一様にキョトンとした表情をしている。どうやら、まだ実感がわいていないようだ。

ジュニア世代育成のため、大規模な大会が新設されるというウワサは以前からあった。それが、とうとう現実のものとなり、この五月の上旬（じょうじゅん）に開催（かいさい）されるのだという。

その代表に、墨谷二中が選ばれた。

ある意味、当然だ。

俺たちは夏の全国大会こそ一回戦負けをしたものの、地区大会では、夏、秋と連続で青葉学院（あおばがくいん）を破り連覇（れんぱ）を果たしていた。

「マジかよ？」

久保が、ようやく声を出した。まだ信じられないらしい。

「ホントだ！　俺も今、職員室で聞いてきたんだ」

そして、その大会には、あの和合（わごう）中も選ばれていた。

組み合わせはわからないけれど、準備は、しっかりとしておきたい。パーフェクトな勝利を目指す以上、和合は避(さ)けることのできない相手だ。

「いいか！　この選抜大会、もちろん目指すは優勝だ！　がんばっていこう！」

ようやくみんなの目が輝(かがや)き出した。全国大会に出場できるという喜びが、やっと実感できたようだ。

「よし！　ここは一発、気合いを入れていくか！」

3年の小室(こむろ)が力強く答えてくれた。こいつは、2年のときからずっとキャッチャーのレギュラーとして、俺とバッテリーを組んできた。頼もしい相棒だ。

「優勝か！　よし、いっちょやるか！」

久保も大声を出す。こいつも、2年のときから外野のレギュラーで、今は副キャプテンを任せている。打撃力(だげきりょく)も守備力も高い、信頼(しんらい)できる大切な仲間だ。

「全国大会ちゅーことは、勝ったら日本一ってことで、ええですね！」

近藤がニッカリと笑って言った。

「もちろんだ！」

俺はキッパリと答える。

近藤は、昨年の夏の地区大会を、１年生ながら、俺とともにピッチャーとして投げ抜いてくれた男だ。決勝戦では、肩を痛めてしまったものの、秋には回復し、十一月の大会では優勝にしっかりと貢献してくれた。体が大きく長打力もある。欠かすことのできない貴重な戦力だ。

ただ……。

残念なことに、今の墨谷に、全国レベルでもひけをとらない選手は、俺を含めてこの四人だけだった。他のメンバーは、まだまだ力が足りない。

俺は、入部希望の１年生たちに目をやった。

ざっと二十人以上はいる。この中に、昨年の近藤のようなおもしろい奴がいないだろうか？もしいれば、それだけ墨谷のレベルアップにつながる。

すぐにでも、こいつらの力を見てみたい。

「いいか、１年生。よく聞け。今、言った通り、俺たちは五月の選抜大会に向けて、これから突き進んでいく！　さっそくだが、お前たちの実力を見せてもらうぞ。うまい奴がいたら、すぐにレギュラーで使うからな。まずは、全員にノックを受けてもらう！」

１年生たちがどよめいた。

まさか、入部初日から、いきなり実力テストみたいなことをするとは想像もしていなかったのだろう。

けれど、テストの対象は1年だけではない。

俺は、2年、3年にも向き直った。

「お前たちにもテストをやるぞ！　上級生だからって安心するなよ。俺は、学年に関係なくレギュラーを決めてくからな！」

それを聞いた2、3年が、驚き、不満そうな表情を浮かべる。

「お前たち、勘違いするなよ。上級生たちがバッチリ優秀だったら、そもそも1年がレギュラーに入る余地なんかないんだ。お前たちじゃ、まだ足りないんだよ。今、レギュラーとして決定しているのは、俺と久保、小室、近藤、これだけだ。あとは全員、横一線だと思え！」

「おい、そういうのマズくねえか？」

俺の横にいた久保が小声で言った。

「2、3年はテストしなくても、いいんじゃないか？」

「いやダメだ。言ったろ？　俺たち4人以外は、俺の考えるレギュラーのレベルに達していないんだよ。学年なんか関係ない。よりうまい奴がレギュラーになるんだ。だから、上級生であっても、実力を測っておきたい」

そうキッパリと言い切り、俺は部員たちに、もう一度向き直った。

ここできちんと、俺が目指す墨谷野球部の姿を、こいつらに示しておこう。俺の考え、俺の理想像をしっかりと伝えておくんだ。

「みんな、聞いてくれ！」

俺は、大声をあげた。

「墨谷野球部の目標は、完全な強さだ！　俺たちは絶対に負けない。無敗だ！　現に、俺がキャプテンになって以来、秋大会も練習試合も、一度も負けていない。わかるか？　これが、俺の目指す野球だ。これからも、俺たちは無敗でいく。もし、こういう厳しい野球がイヤならすぐにやめてくれ！」

すべての試合で勝つ。

2年や3年は、耳にタコかもしれないが、俺のこの考えを聞いて、何人かの1年は、不安そうな表情を浮かべている。

でも、悪いが、ついてこれない奴にかまっている暇（ひま）はない。

厳しいかもしれないが、これがキャプテンである俺の方針だ。

「なぁ、慎二クン。お兄さん、メッチャ怖いなぁ」

近藤さんがニコニコと僕に話しかけてきた。そう言っているわりには、それほど近藤さんは、兄ちゃんを怖がっているようには見えない。

でもそれは、近藤さんと3年生だけだ。1年生はもちろん、2年の先輩たちでも、兄ちゃんに恐れをなしているようだった。

「すいません。兄が、ご迷惑をおかけします」

僕が、そう言うと、近藤さんはブハッと噴き出して笑った。なんで笑われたのか、僕には理解できない。

「慎二クンは、メッチャおもろいなぁ。ホンマに中学1年生か？　お兄さんとぜんぜん似てないわぁ」

まったく……。

さっきは「顔がそっくりだ」なんて言って大笑いしてたくせに。どうやら、僕の言葉づかいが、近藤さんには、おもしろかったらしい。

「でも、ホンマ、イガラシさんは恐ろしい人やわ。初日から、ここまでやるとは思わんかったで」

そう言って、近藤さんは、1年生たちにノックをする兄ちゃんを見た。

レギュラー選抜のテストは、守備を見ることから始まった。

ノッカーはイガラシキャプテン、僕の兄ちゃんだ。兄ちゃんは、それほど厳しい球を打っているわけではない。足元に、やや強めの打球を2球。左右に散らした打球を1球ずつ。それだけで、どんどん「ハイ、次」と言って、次の部員にノックをしていく。

「たった4球で、なにがわかんだよ?」

誰かのつぶやく声が聞こえた。僕は、その人の横顔を見る。

1年生だ。僕は、墨谷の試合はずっと追いかけていたから、先輩の顔と名前なら全員知っている。

でも、1年生は今日会ったばかりの人も多くて、まだ誰だかわからない。

今、小さく不満を言った彼は、体も大きく、きっと野球部員として有望だと思う。

でも、選抜のレギュラー候補に選ばれることはないだろう。

「たった4球で、なにがわかるんだよ?」と彼は言った。

でも、兄ちゃんは、４球で野球センスがわかると考えているはずだ。ボールのさばき方、ステップ、スローイング。４球で、即戦力になれるかどうかを判断しているんだ。

あとで彼に話しかけてみよう。即戦力ではなくても、３年生になったころには、きっと一緒に試合に出ているのだろうし。

「よし、次！」

イガラシキャプテンの声が響いた。僕の番が来た。

「ハイ！」

大声で返事をして、僕は兄ちゃんの前に立った。もちろん、弟だからといって手加減するような人ではない。

キン！

足元に飛んできたボールをさばき、キャッチャーの小室さんに返球する。

それにしても、兄ちゃんは少し変わってしまった。昨年の二学期、キャプテンになってからというもの、いつも難しい顔をしてはなにかを考え込んでいる。

兄ちゃんは、僕の守備をどう評価するだろう？

なんとかレギュラー候補に入りたい。そして、なにかに追われているように走り続ける兄ちゃんの、少しでも手助けがしたい。

〈久保〉

「おいイガラシ、レギュラー候補を選んだのはいいけど、それに入らなかった奴らは、どうするんだ？」

そうイガラシに声をかけた。

ノックのあとには、バッティングもやり、選抜大会のためのレギュラー候補を選ぶテストが終わった。どちらも驚くほど簡単なテストだったけれど、イガラシにとっては、それで十分だったのだろう。十二名のレギュラー候補をイガラシは選び出した。

残念なことに、2年、3年からも選考に漏れる奴らが出た。

逆に、1年からは、佐藤、松尾、そしてイガラシの弟である慎二の三人がレギュラー候補に選ばれた。

そこまでは、まあいい。問題はそのあとだ。

イガラシは選考に漏れた連中には、一言も声をかけず、レギュラー候補だけを相手に練習を始めようとした。

「えっと……、そうだな。そこらへんでキャッチボールでもやらせておくか」

ちょっと首をかしげて、イガラシは答えた。

うーん、なんだかなぁ。「そこらへん」なんて言い方はないだろうに。

「よし、俺があいつらの面倒を見るよ。イガラシは、レギュラー候補のほうを見てくれ」

「いや、久保、それは違う。お前もレギュラー候補なんだから、こっちで俺たちと一緒に練習をしてもらわなきゃ困る」

「けど、あいつらはどうすんだよ？　ほっとくのかよ？」

「ほっとくわけじゃないけど、とりあえず、邪魔にならない場所で自主練してもらうしかないだろ。俺たちには時間がないんだ」

俺の隣にいて、イガラシの発言を聞いた小室が、苦笑いして言った。

「イガラシ、そういうのよくないよ。レギュラー候補になれなかった奴らを見捨てるみたいじゃないか」

イガラシが、小さくため息をついた。

「そんなつもりは、ないんだけどな」

そう言うと、イガラシは選考に漏れた奴らが集まっているところへと走っていった。

「いいか、お前たち。よく聞け！　こうやってテストに落とされて、悔しいと思ったのなら、その気持ちを絶対に忘れるな。今の悔しさをバネに、俺を見返してみろ。一生懸命練習するんだ。本気でやれば、必ずできるようになるから！」

そう。

そういう言葉がほしかったんだ。

1年たちは、熱心にイガラシの言葉に聞き入っている。2年や3年は、ちょっと不満そうにしているが、まあ仕方がない。全国大会で優勝を目指す以上、お情けで実力の劣る奴を試合に出すわけにはいかないからな。

「これから約一か月、レギュラー候補たちは選抜大会に向けた強化練習をやっていく。だから、お前たちは、練習の邪魔にならないように、グラウンドの隅で、キャッチボールやティーバッティングでもやっといてくれ。いいな！」

あぁー。俺は頭を抱えたくなった。

「練習の邪魔にならないように」とか「ティーバッティングでも」とか。もうちょっと言い方に気を配ってくれてもいいと思うんだが……。

まあ、そこまでイガラシに望むのはムリか。ともかく、レギュラー落ちした連中にも激励はしたんだ。完全に無視するよりはマシか。

それに、たしかにイガラシの言う通り、選抜大会まで、あと一か月しかない。

大会に出場できるのは名誉なことだし、出るからには優勝したいと俺も思う。しばらくの間、選考に漏れた連中にはガマンしてもらうしかない。

「よーし、じゃあ練習を始めるぞ！　レギュラー候補に選ばれた奴らはこっちに来い！」

イガラシがこちらに走ってきた。

「おう！」

そう答えて、俺や小室たちが、イガラシのもとに集まっていく。

厳しい練習は覚悟している。というより、イガラシがキャプテンに就任して以来、ずっと練習は厳しかった。

そして、俺たちは、その練習に見合うだけの結果を出し続けていた。

昨年、キャプテンに就任したときの、イガラシのあいさつを思い出す。

あいつは「すべての試合で、俺たちは勝つ！」と宣言した。いくらなんでも、それはムチャだと思ったが、イガラシは本気だった。厳しい練習を全員に課し、秋の大会では、再び青葉学院を破るほど墨谷野球部を強くしてしまった。

つまり、俺たちはもう全国レベルだということだ。いや、青葉に二連勝しているんだ。日本一になったっておかしくない。

全国優勝。日本一。

考えただけで、胸がドキドキしてくる。

そして、それは遠いところにある夢ではなく、がんばれば手が届くところにあるんだ。イガラシを信じて、突き進んでいくよりほかない。

「まずは守備の練習だ！　全員グラウンドに散れ！」

イガラシがバットを手にしている。ノックからスタートだ。

「よし、行くぞ！　気合いを入れていこうぜ！」

俺もそう大声を出した。

俺は副キャプテン。全力でイガラシをサポートしていこう。イガラシの夢を、みんなで共有するんだ。

〈イガラシ〉

「朝からしんどいですわ〜、イガラシさん」

朝練を始めてから、1時間半。さっきからずっと近藤が音を上げている。

俺たちは、朝の5時半に集合して、ここまでグラウンド20周。腕立て、腹筋、背筋をそれぞれ100回。ダッシュを50本こなしたところだった。

でも、近藤にはまだ余裕がある。俺は、それをよく知っている。昨年からずっと厳しい練習に耐えてきただけあって、近藤の体力は飛躍的に向上していた。

「よーし、仕上げにノックをやるぞ！」

そう全員に声をかけた。

「え〜！　ノックもやりますの!?　朝練は、基礎体力作りだけって聞いてましたけど」

近藤が泣きごとを言った。

まったくゴチャゴチャとうるさい奴だ。

「誰が『だけ』なんて言った？　『おもに基礎体力作り』と言ったんだ。他にもいろいろやるに決まってるだろ！」

「そんなぁ、それやったら、なんでもアリですやん！」

「そうだよ、なんでもアリなんだよ。つべこべ言わずに、さっさと並べ！」

そう言って、レギュラー候補を三つのグループに分け、俺と久保と小室がバットを持ち、ノックを始めた。

距離(きょり)は約10メートルにまで近づけた。通常の約半分。この近さは、もう墨谷野球部の伝統といっていい。

俺が1年のときのキャプテン、谷口さんが始めた練習法だ。

「ホラッ、行くぞ！　モタモタするなァ！」

そう言ってノックを始めた。

さすがにレギュラー候補に選んだだけあって、疲(つか)れていても、みんなは必死にボールにくらいついてくる。よし、いいぞ、と手ごたえを感じる。

1年生の三人は、昨日入部してきたばかりで、さっそくこの厳しい朝練に参加している。おそらくかなり苦しいはずだ。でも、甘(あま)やかしてはダメ。これが墨谷の野球なんだと、体で覚えてもらおう。

＊

「どうや、佐藤クン、メッチャ疲れたやろう？」

朝練が終わり、近藤が、1年の佐藤の背中をドンと叩いて、そんなことを言った。

「はぁ、はぁ、……はい」

佐藤が、息も絶え絶えに答えている。

「なあ、ありえへんよな。そのうえ今日だけで、あと練習が二回もあるんやで。昼練と放課後の練習。どうするよ、佐藤クン？」

「はぁ、はぁ、……どうしましょう？」

「あんまりキツかったら、誰か大人の人に相談したらええねん。『野球部でしごかれてます』って言ってええんやからね」

「おい、近藤、ふざけたこと言うな！」

小室が大声を出した。

近藤は、大げさに肩をすくめて小室を見る。

「いやいや、冗談ですやん。小室さん、そんな大きな声出さんでも――」

みんなが笑い出した。

まったく……。練習中は、泣きごとばかりだったくせに、終わったとたんに、すぐ近藤はこれだ。

「おい、佐藤。お前は、柔軟運動を徹底的にやるぞ」

俺は、佐藤に声をかけた。

「え？　は、はい」

「お前の守備位置はファーストを考えている。ファーストは、ショートバウンドやハーフバウンドを捕れなきゃダメだ。そのためには、重心を低くして守ることが必要なんだよ。今のお前の体の硬さじゃ、それも難しいからな」

「はい」

佐藤は1年生ながらも、体が大きく、バッティングセンスがいい。しかも左利きという点を買って、俺はこいつをレギュラー候補に選んだ。ただ難点があるとすると、バウンドの捕球を苦手としていることだ。

これを改善するには、バウンド捕球の練習を、数多くこなすしかない。

もっとも、やみくもに数をこなせばいいのではなく、正しい姿勢、正しい形を意識することが大切だ。低い姿勢をキープすること。

そのための佐藤の課題が、柔軟性の強化だった。

と、久保が俺を見てクスクスと笑っている。

「なんだ、久保、どうした？」

「いや、イガラシ、さすがだよ。こんな状況でも、しっかりアドバイスするんだから」

「こんな状況でもって、どんな状況だよ？」

「みんな疲れきってるってことさ。こなすだけで精一杯の練習メニューだぜ。特に1年は相当しんどかったろう。俺たちだってキツかったんだから」

「ああ、そういうことか。たしかに、このスケジュールを作った俺ですら、初日にしてはやりすぎかなと思ったよ。でも、今の俺たちの力を考えると、こうでもしない限り、優勝への道が開けないからな」

「優勝か……。そうだな、すごいスケジュールでも当然か……」

「当然だ。とにかくがんばっていこうぜ」

「ああ」

なにしろまだ朝練が終わっただけ。これから昼練と放課後の練習がある。

昼練は、おもにベースランニングで約40分。

放課後は、フリーバッティングやノックで、おもに打撃と守備を強化する。

日が暮れてからも、素振りやシャドーピッチングなどの反復練習をやって、放課後も4時間ほどは練習するつもりだ。

つまり、平日で授業があったとしても、すべて合わせて実に7時間近い練習を俺たちはすることになる。

練習はウソをつかない。これほどの量の練習をこなすのは、日本中で俺たちだけだと、自信を持っていえる。

これなら、青葉や和合のような野球エリート校にも、決して負けないはずだ。

「なんか、ホントに俺たち、行けそうな気がするよ」

「おい、副キャプテンがそんなことでどうする。『行けそうな気がする』じゃなくて『行く!』んだよ。俺たちは一番てっぺんまで行くんだ!」

「なるほど、そうか。『気がする』じゃダメか」

久保が、そう言って笑った。

日本一になれる学校は、当たり前だけど一校しかない。日本中に、いくつ学校があるのか知

らないが、そのたった一つを目指すんだから、並大抵な話ではない。

でも、俺たちはそこまで行く。

「行ける気がする」ではなく、「行く」だ。


〈小室〉


ズバンッ！

近藤の気持ちのいい速球が俺のミットに飛び込んでくる。

うん、いい球だ。小室さん、近藤ってのは、本当にすごい奴だ。

「どうですか、小室さん、ボクの球、けっこういけますやろ？」

……ただし、このへらず口がなければだ。

「近藤、余計なことを言わずに、どんどん投げろ！」

俺より先にイガラシが言った。

イガラシは、バットを構え、左打席に立っている。

といっても、フリーバッティングをしているわけではない。バッターを打席に立たせたうえでのピッチング練習だ。

イガラシはぐっとホームベースに近づき、少し前かがみでバットを構えている。近藤にしてみれば、デッドボールが怖くて、かなり投げにくいはずだ。しかも、イガラシは小柄だから、ストライクゾーンは狭い。それでもコーナーを突いて、ストライクをとらなくちゃいけない。しっかり実戦を意識した投球練習だ。

一学期が始まり一週間がたっていた。選抜大会まであと三週間。俺たちの練習も、いよいよ激しくなってきた。

ズバンッ！

外角低め、いっぱいに決まった。

「どうだ、イガラシ。けっこういい球投げてんじゃないか？」

「ああ、見てるだけじゃなくて、打ちたくなってきたよ」

そう答えてイガラシは笑った。

「で、打てそうなのか？」

「もちろん」

イガラシが自信ありげに答えた。

「まあ、左打席だと、引っ張るのは力負けするかもしれないな。右なら、近藤の球だって俺は長打を打つ。でも、たいていの奴らには、打てないだろうな」

本当にたいした奴だ。

イガラシは、スイッチヒッターなので左右どちらでも打てる。そして、得意の右打席だったら、この近藤の剛速球からでも長打を打つと断言した。

本当に打つだろう。

俺はキャッチャーとして、たくさんのバッターを間近で見てきたが、イガラシほどのバッターを、今まで見たことがなかった。

こいつとなら、俺たちは、本当に日本一になれるかもしれない。

それに、野球は、なんといっても投手力が大事だ。

俺たち墨谷には、イガラシと近藤という二枚看板がいる。これだけ強力なピッチャーを二人揃えている学校はなかなかないはずだ。


あれ？

近藤が、ドロンとしたスローボールを投げてきた。

「近藤、今のなんだ？」

イガラシが、俺より早くバッターボックスから大声をあげた。

「はい、カーブですねん。変化球を覚えるのもありかと思いまして」

近藤が緊張感のかけらもない口調で答える。

なんだよ、今のはカーブだったのか。あの力のないヘナヘナな球が。

「どうするよ、イガラシ？」

イガラシは苦笑いしている。

「近藤、もう一球、カーブを投げてみてくれ！」

そう言われて近藤が投げた。

ヘナヘナなカーブが、空中をゆっくり飛んで、スポンと静かに俺のミットに入った。ほとんど曲がっていない。

「……ダメだ、イガラシ、これ。使いものにならないぞ」

「うん。将来的に変化球を覚えたいって気持ちはわかるけど、近藤は、基本的に不器用だからなぁ。選抜大会まであと三週間。今から変化球を覚えるのはやめたほうがいいな。投げ方に変なクセがついたら困るし」

「あの～、どんなもんでしょう、ボクのカーブ？」

近藤がしれっとした顔で聞いてくる。

こいつ、投げてて自分で判断できないのか？

「ぜんぜんダメ！　使いものにならない！」

ハッキリそう言ってやった。

「いや、でも、たま～に使うぶんには、効果的なんちゃいます？」

「使えるわけないだろ、こんなの！」

今度はイガラシが言う。

「こんなのはカーブとはいわない！　すっぽ抜けの打ちごろの球っていうんだ。小学生だって
カンタンにホームランが打てるよ！」

イガラシにビシッと言われて、さすがに近藤もションボリしている。

でも、言い換えれば、ストレートだけで、ここまでやってきたんだ。近藤のポテンシャルの
高さは、相当なものだ。

〈**イガラシ**〉

もうすぐ夜の7時。

俺たちはユニフォーム姿のまま河川敷にやってきた。

「おい、イガラシ、ここでなんの練習をするんだ？」

久保がそう聞いてきた。

「土手を使っての坂道ダッシュと素振りだ」

先週、夜の7時過ぎまで学校で練習していたら、「早く帰れ」と、残っていた先生に注意をされてしまった。

練習時間を減らしたくない俺は、いろいろ場所を探した結果、この河川敷を第二の練習場として選んだ。

6時に学校での練習を終え、そのまま着替えずに、この河川敷まで来る。そして約1時間、ここで締めのトレーニングをするつもりだった。

「あの～、土手を使っての坂道ダッシュって、何本ほどやるんですかねえ？」

近藤が、恐る恐るといった感じで聞いてきた。

俺は土手を見上げる。

「距離も短いし、まぁ50本ぐらいかな」

「ゴジッポン？　イガラシさん、いくらなんでも、それはムチャや〜」

「いや、やっぱり、俺とお前は100本にしよう」

「いやいやいや、ちょっと待ってくださいよ。50本が多い言うたのに、100本に増やすなんて、メチャクチャですやん！」

「近藤だけにやらせるんじゃないぞ。俺とお前が100本だ。ピッチャーってのは、足腰が大事なんだよ」

「いや、それでも倍はちょっと……。じゃあ、２本増やして、52本ということで手を打ちません？」

「ダメ！　俺たちは100本。できるよ。やればできる」

「え〜」

「それに、まずは素振りからだ。それが終わって、最後に坂道ダッシュをやるから。最後だと思えば、がんばれるだろう」

やればできる。これは俺の信念だ。

遅（おそ）くまで学校で練習ができなくなったのは痛いが、こんなことは、つまずきのうちには入らない。

それならそれで、工夫をすればいいだけのことだ。

2nd

イニング

〈イガラシ〉

「ねえねえ、イガラシくん、野球部ってすごいよね」

一時間目の授業が終わった休み時間に、同じクラスの大西夏樹が、わざわざ俺の席まで来て話しかけてきた。

新学期が始まって二週間がたっていた。つまり、選抜大会まで、あと二週間と少ししかないことになる。

俺はクラスでは、あまり話をしない。

朝と放課後はもちろん、昼休みも野球部の練習があるから教室にいないし、それ以外の休み時間も、たいていは頭の中で野球のことを考えている。だから、二週間たった今でも、話をしたことのない男子がたくさんいた。

「いや、別にそれほどすごくないだろ」

「すごいって！　だって取材とかされてたじゃない。新聞、読んだよ」

「ああ、読んだんだ、あれ」

本当はうれしかったけれど、少しクールなふりをして答えた。

来月に行われる選抜大会は、注目度がかなり高いようだ。その出場校である俺たちは、この前、新聞の取材を受けた。そして、その新聞の地方版に、写真とともに墨谷(すみや)野球部は、「優勝候補」として紹介(しょうかい)された。

「だって、優勝するつもりなんでしょ？　イガラシくん、そう答えてたじゃない」

「そりゃあ、そう言うだろ、ふつう」

キャプテンとしてインタビューされた俺は、「優勝します」とハッキリ答えた。

「優勝できるようがんばります」なんて謙虚(けんきょ)な言い方ではなく、「優勝します」だ。

俺がこう答えたとき、記者の人が、ちょっとビックリしたのを覚えている。でも、もちろん俺は本気だ。俺が目指す墨谷の野球は、すべての試合で勝つ野球なんだ。

「いやぁ、わたしだったら『ベストを尽(つ)くしてがんばります』くらいしか言えないなあ。もし、取材されたとしても」

大西は、そう言ってニコニコと俺の顔を見る。

「思ったことを、そのまま言っただけだよ。女(じょ)バスだって、次の大会で優勝するつもりなんだろ？　だったら、ハッキリそう言えばいい」

大西は女子バスケットボール部のキャプテンをしている。かなり強く、秋の大会では地区優勝を果たしていた。

「ムリムリ、わたしはそんなキャラじゃないもん」

大西はそう言って、ほがらかに笑った。

「だからイガラシくんはすごいんだよ。ホント、今度の大会、がんばってね」

あんまりほめられると、なんだか照れくさい。

男子とすら、あまり話をしない俺にとって、女子と会話をするなんて、とても珍しいことだ。

しかし、大西とは自然に話をすることができた。同じ運動部のキャプテン同士だからなのか、それとも大西の性格によるものなのかはわからない。

とにかく、ほめられ、応援されたら悪い気はしない。

ただ、気になる点が一つだけある。

バスケをやっているだけあって、大西は背がとても高い。つまり、俺よりも大きい。背が低いことがコンプレックスである俺にとって、そういう意味では、大西は、あまり一緒にいたい相手ではない。

＊

「なんか、人数が減ってないか？」

放課後の野球部の練習。１年生の数が少ないようなので、俺は、久保にそう確認してみた。

「ああ、また何人かがやめたみたいだ」

「そうか、またか……」

そう言って、グラウンドを眺める。

最初二十人以上いた新入部員は、この二週間ほどで半分に減ってしまった。キャッチボールと球拾いしかやらせてもらえないのが不満だったらしい。その気持ちはわからないではない。

俺だって同じことを１年のころに思ったからだ。

ただ、事情はぜんぜん違う。

レギュラーになる実力があるのに練習させてもらえないのは理不尽だが、そうでないのならそこには合理的な理由がある。ましてや、選抜大会を二週間後にひかえた今、試合に出る可能性のある連中を中心に練習をするのは当然のことではないか。

まあ、仕方がない。

やめていった連中の中には、体も大きく、時間をかけて鍛えれば、長距離バッターとしての可能性があった奴もいた。

でも、この程度のことでやめていくということは、見込みがなかったのだと、俺は考えるようにしていた。ガマンや努力ができるのも才能のうち。はい上がる努力をしない奴は、才能がなかったということだ。

それに、逆に言えば、レギュラー候補には選ばれなかったけれど、今でも残っている連中は、見込みがあるということだ。この中から将来、墨谷のレギュラーになる奴らが、きっと出てくるだろう。

あとは、すべて順調だった。

2年や3年、そしてレギュラー候補に入った1年の松尾、佐藤、慎二も気合いが入っている。新聞から取材を受けて「優勝候補」と書かれたことも、チームの士気を高めるのに役立っていた。

「よーし、練習を始めるぞ!」

俺は大声を出し、部員たちを呼び集めた。

「いいか！　これからしばらくの間は、和合中を想定した練習をやる。特に、和合のエース中川を攻略するために打撃を徹底的に鍛える。覚悟しておけ！」

先日、選抜大会の組み合わせが発表された。

それによると、1回戦を勝ち上がると、その次の相手はシード校の和合中だった。

昨年の全国大会の初戦で、俺たちを0対17で叩きのめし、そのまま優勝まで駆け上がっていった奴らだ。

久保や小室は、「しんどい組み合わせだな」なんて苦笑いしていたが、俺は、こんなに早く、あいつらにリベンジする機会が持てて、うれしくて仕方がなかった。中川の、あの伸びのある剛速球を打ち返すイメージが俺にはあった。あとは、他のメンバーを、そのレベルまで引っ張り上げなくちゃいけない。

「みんな、気合いを入れてけよ！」

焦りはない。むしろ充実してワクワクしている。早く和合と戦いたい。そして、和合に勝って、そのまま優勝してみせる。

俺の目標である「パーフェクトな勝利」にまた一歩、近づくことになる。

＊

朝練。もう7時を過ぎていた。みんなが熱の入った練習に取り組んでいる。

ただ、今朝は、気がかりなことがあった。

1年の松尾が姿を見せていない。

寝坊だろうか。こんな時期に。いや……。

と、校舎の角から、制服を着た松尾の姿が見えた。横に大人の女性がいる。その人は、松尾に何事か声をかけ、そして俺たちの練習をじっと見つめている。

女性が歩き出した。そのまままっすぐ、練習している俺たちのほうへと向かってくる。

「責任者の方はどなた？」

その大人の女性が言った。

「俺、いや、僕ですけど」

俺は進み出て答える。

その女性の後ろには松尾がいる。

松尾は目を伏せ、今にも泣き出しそうな表情をしていた。

「あなたではなくて、大人の方はいらっしゃらないの？　顧問の先生はどこです？」

「先生はここにいません。練習は、僕たちだけでやっていますから。なにか御用でしたら、キャプテンの僕が聞きますけど……」

「先生がいらっしゃらない!?」

その女性は驚いたように言って、俺の顔をじっと見た。

「わたくし、この松尾直樹の母です。野球部のことで話があって、今日は息子と一緒にやってまいりました」

やっぱり松尾のお母さんか。イヤな予感しかしない。

「では、まず、あなたに言わせていただきます。あなたたちの野球部、少しおかしくありませんか？　どういうつもりで、こんなに練習ばっかりしてるんです？　息子は疲れてしまって、家で勉強がまったくできない状態なんです。しかも、野球の練習があるから、塾に行きたくないなんて言い出すんです。中学生の本分は勉強のはずでしょう？　あなたはキャプテンとして、どのような考えがあるのか、私に説明してください。そもそも……」

説明しろと言っているくせに、松尾のお母さんは、そのあとも、猛烈な勢いで話を続けた。

言葉を返す余地なんてぜんぜんない。

困ったなと思いながら、俺は、よく動く松尾の母親の口元をぼんやりと見つめた。

＊

「まぁ、元気を出せよ」

お母さんが帰ったあと、あまりにもションボリしている松尾をはげますために、俺はわざと明るい声を出して言った。

「でも、母さんがヘンなことばかり言って……。ホントにすいませんでした」

「いいって。あんまり気にするな」

松尾のお母さんの主張は、要するに、練習時間が長すぎるということだった。

練習を終え、松尾が帰宅するのが夜の8時半。そして朝は5時に家を出る。これでは勉強をする時間が確保できない。練習時間を短くすべきだという内容だった。

もちろん俺はやんわりと反論した。

この練習量は、選抜大会に向けてのもので、それが終わればこんなに長くはやらない。しばらくの間、ガマンしてもらえないだろうかと。

「いいえ、私は一時的にせよ、勉強を犠牲にすることは絶対反対です！　だいたいですね――」

いくら俺が、辛抱強く説明しようとしても、松尾のお母さんは、その10倍ぐらいの量の言葉で反論してくる。とてもじゃないが、説得なんてできなかった。

やむをえない。

俺は、松尾に限って練習時間を短くすることに同意した。朝練への参加はナシ。放課後の練習も、5時半をめどに終わり、すぐに帰宅させるということで決着した。

「僕、もうダメですよね……？」

松尾が肩を落とし、うなだれている。

「いや、ダメじゃないぞ。たとえ朝練に参加できなくても、お前の実力が十分だったら、試合で使うから。だから、放課後の練習をがんばれ」

そう言って松尾をはげました。

もちろん本気だ。試合に出すたった一つの基準は、実力があるかどうか。たとえ練習にあまり出られなかったとしても、実力が十分であれば、俺は試合でそいつを使う。

だが、実際はムリだろうと、心の中では考えていた。

もちろん、即戦力だと見込んだから、俺は松尾をレギュラー候補に選んだ。でも、やっぱりまだまだ一年生。磨かなければならない技術はたくさんある。それを、これから二週間かけて鍛えていくつもりだったが、その余裕はもうなくなってしまった。

少しだけ、俺のプランにほころびが出た。

でも、これくらいはたいしたことではない。残ったメンバーで突き進んでいけばいいだけのことだ。

「でも、お前のお母さんて怖いな。俺、ちょっと苦手かも」

俺はそう言って笑った。

軽い冗談のつもりだった。あんまり松尾が落ち込んでいるから、笑ってもらおうと思って言ってみただけだ。でも、松尾はさらに悲しそうな表情になった。

「ホントに申し訳ありません」

深々と頭を下げられた。

まいったな……。

冗談なんて苦手なんだから、ムリして言わなければよかった。

こんなとき、丸井さんだったら、きっと上手に松尾をはげましていただろう。その点、俺はダメだ。

初めて、キャプテンという仕事は難しいんだなと感じた。

*

「保護者会議？　野球部のですか？」

放課後、俺は杉田先生に職員室に呼び出された。杉田先生は野球部の顧問で、試合のときは監督としてベンチに入ってくれる。ただ、美術の先生で、野球のことはよく知らないから、ふだんの練習に顔を出すことはない。

「うん。昨日の朝、1年生の松尾直樹君のお母さんが学校に来ただろう？　キミたちが朝練をやっているときだ」

「はい、来ました」

「その、松尾君のお母さんから、今日、学校に連絡が来た。野球部員たちの保護者同士で話し合いの場を持ちたいというんだ」

「……でも、松尾のことに関しては、解決したと思うんですけど。練習時間が長すぎるということなので、松尾だけ朝練はなしで、放課後も5時半に帰すことにしました」

「うん。でも、向こうの言い分としては、個人の問題じゃないということなんだ。他の部員の親御さんたちも困っているに違いないとおっしゃってね」

杉田先生が苦笑いしていた。

「僕を飛び越えて、校長先生に、松尾さんは話を持っていったんだ。必要なら、教育委員会にも話すなんて言っていたらしい……。そういうわけで、今度の土曜日に、野球部の保護者会をすることになった。これは、もう決定事項だから」

「でも、ウチは商売をしていて、どっちの親も学校には来られませんよ」

「うん。それは仕方ない。僕も、全部員の親御さんたちが集まれるとは思っていないよ。でも、キャプテンとして、イガラシ君には出席してもらいたいんだ」

まいったな。

土曜日こそ、たっぷり練習ができるというのに。

「あの……。先生は、どう思ってるんですか？　その……、俺たちの練習のこと」

先生は、少し困ったように笑った。

「僕は、キミたちのやり方を認めていた。教師としてというより、一人の個人として、イガラシ君が率いる墨谷二中野球部がどこまで行けるか、楽しみにしていたんだ」

先生は、そんな風に話し始めた。

「ほら、大人になると、妙に現実的になるから。いろいろ夢を持っていても『そんなの実現できっこない』なんて、最初からあきらめてしまう。でも、キミたちは違った。日本一になるという途方もない夢に向かって、本気で突き進んでいるんだから。だから、多少のムチャをキミたちがしていたとしても、応援してあげたいと思っていたんだ」

「……ありがとうございます」

「ただ、もっと早くから、僕が注意しておくべきだったのかもしれない。他の先生からも言われていたんだよ。ホラ、遅くまで練習するなって、残っていた先生に注意されたことがあっただろう？　僕も、その報告は受けていたんだ。これは僕のミスだ。悪かったね」

先生が厳しい顔をしている。

ひょっとすると、先生も、校長先生から厳しく注意を受けたのかもしれない。

もしかすると、俺が考えているより事態は悪いのかもしれない。

〈久保〉


やっぱりイガラシがいないと練習がしまらないな。

俺はグラウンドを見渡しながら思った。

今日は土曜日。たっぷり練習できるはずなのに、イガラシの姿は、もう何時間もグラウンドにない。

「ホラぁ、松尾、ボールをよく見ろ！」

フリーバッティング。松尾がバッターボックスに立っているが、心ここにあらずといった感じで、さっきから空振りばかりしている。

「もういい、バッター交代！　次！」

「ハイ！」

慎二が元気よく返事をして、打席に入った。

俺は、バッターボックスのそばに立ち、打撃の指導をしている。ふだんはイガラシの仕事なのだが、いないのだから俺がやるよりほかない。

俺の後ろをトボトボと松尾が歩いている。

まいったな。完全に、松尾は責任を感じちゃってる。

「松尾、ホラ、元気を出せ！」

振り返り、そう松尾に声をかけた。

「久保さん、ホントにすいませんでした」

そう言って松尾は頭を下げる。バッティングのことではない。イガラシが、今ここにいない事情をつくってしまったことを、松尾は謝っているのだ。

「いいよ、気にするな。お前が悪いわけじゃないから」

「でも……、僕の母さんが……」

「違(ちが)うって！　イガラシが出ている話し合いは、お前のことが議題ってわけじゃない。もっと野球部全体についてのことだ」

「でも……」

松尾は、さっきから、ずっとこの調子だ。

イガラシは今、野球部の「保護者会」という名の会議に出席している。

参加しているのは、野球部員の親たち。もちろんその中には、会議の呼びかけ人である松尾のお母さんも加わっている。学校側からは校長先生と野球部顧問である杉田先生、そして、野球部を代表してイガラシが出席している。

ウチの母ちゃんも出てるけど……、まぁ、母ちゃんはなにも発言しないだろうな。

松尾のお母さんからの抗議を受けて、松尾だけ朝練を免除し、放課後の練習も、松尾だけ5時半にあがるという決定を、イガラシはした。

だが、それでも収まらなかったらしい。

松尾のお母さんは、そもそも野球部の練習時間が長すぎることを問題視していた。だから、自分の子供が少し練習を免除されたからといって、それで問題が解決したとは、考えなかったようだ。

「とにかく、気にしたって始まらないんだから練習しろ。集中しろ、いいな！」

「……はい」

最後まで小さな声のまま、それでも松尾はグラウンドへと走っていった。慎二のバッティングが終われば、次に全体で守備練習を始める予定だ。

キン！

慎二がスイングし、気持ちのよい金属バットの音がグラウンドに響く。さすがにイガラシの弟だけあって、慎二はミートがうまい。

「いいぞ、ナイスバッティング！」

俺は大声を出した。

でも、なんか俺の声はみんなに届いていないような気がする。イガラシが、ここにいないだけで、部の雰囲気がこんなにも違うのか。

俺は、副キャプテンとしての力のなさを痛感する。

一度も負けずに、すべての試合を勝ち切る。そんなとんでもない目標を掲げ、突き進んでいくんだから、イガラシはハンパじゃない。

でも、あいつだって完璧とはいえない。現に、今開かれている保護者会だって、どう転ぶかわかったもんじゃない。

何事もなければいいが……。

俺は、慎二の打球を目で追いながら、そんなことを思った。

俺は、さっきから続く、松尾のお母さんと近藤のお父さんの議論に耳を傾けていた。

二人の主張は平行線で、ただ同じようなやり取りが、堂々巡りをしていた。

「だから何度も言いますけど、この強化練習は、あと二週間もしないで終わるんでしょう？選抜大会までなんだよね、イガラシ君？」

近藤のお父さんが、俺の顔を見て言った。

「はい」

キッパリと返事をした。近藤のお父さんは、今の野球部のやり方に好意的だ。だからつい、近藤のお父さんからの問いかけには、強く答えてしまう。

松尾のお母さんが、少し大げさなくらいのため息をついた。

「あと二週間とおっしゃいますけど、ここまで、もう二週間以上も、ありえないほどの練習量を子供たちはこなしているんですよ。つまり、トータルでは一か月以上です。おかしいと思いませんか？」

「いや、でも全国大会で勝とうと思ったら、それくらいはやらないとダメでしょう？」

『それくらい』なんてもんじゃないんです。毎朝、5時に家を出るんですよ。毎日、7時間の練習ですよ。異常だと思いませんか。勉強はどうするんです？」

「まあ、勉強も大切だとは思いますが――」

近藤のお父さんが苦笑しながら言った。

「では、あなたは、野球部をどうすればいいと言うんですか？」

「今すぐ、こんなバカげた特訓をやめさせるべきです」

「やめさせるなんて……。せっかく全国大会に出場できるんですよ。あの子らの努力の結果で」

「別に、大会に出るなって、言っているわけではないですよ！」

「それでも、あの子らは今、大会に照準を合わせて必死にがんばってるんです。急にやめさせたりしたら、ペースが狂ってしまいますよ。野球っていうのは、意外にデリケートなものなんですから」

近藤のお父さんは、社会人野球の選手だったらしい。一時期は真剣にプロを目指したこともあったそうだ。近藤の野球の素質は、お父さん譲りなのかもしれないな、なんて完全に場違いなことをチラリと俺は思った。

「どうですか、みなさん。こんな機会、めったにあるもんじゃありませんよ。せっかく夢中になれるものがあるんだから、それをドンドンやらせてみませんか？　見守ってやりませんか？

こういうときこそ、子供たちは成長するんですから」

「でも、近藤さん。たしかに、学校のある平日に7時間も練習するっていうのは、さすがに多すぎだと私も思います」

誰の母親かはわからない。

でも、松尾のお母さんとは違う人が発言を始めた。

「塾にだって行かせたいし、あんまり野球一辺倒なのはどうかと……」

その人は、そうやって言葉を濁した。

何人かのお母さんがうなずいている。

松尾のお母さんも、うれしそうにうなずいて言った。

「そうですよね。だいたい、ここは普通の公立中学ですよ。青葉みたいに、プロ野球選手を養成するような学校でもないのに、野球ばっかりやるなんて、おかしいでしょ」

「そ、それじゃあ――」

思わず発言してしまった。

俺が意見を言うと、かえってややこしくなる。だから、質問されたとき以外はしゃべらないようにしようと思っていたのに……。

「それじゃあ、俺たちは、青葉には負けても仕方ないってことですか！　青葉や和合に、勝とうとしちゃいけないんですか！　俺たちは──」

「イガラシさん、あなたには聞いていません！　黙っていなさい！」

「で、でも──」

「イガラシ君！　落ち着きなさい！」

俺と松尾のお母さんとの言い合いに、杉田先生が割って入った。

俺は黙った。けれど納得できない。

墨谷は、青葉や和合とは違う。そんなことは、わかっている。だからこそ、その差を埋めようと、俺たちは必死でやっているんだ。それなのに……。

どうしてわかってもらえないのだろう。

日本一になるという目標を持つことが、間違っているというのか。

俺たちは、なにか間違いを犯しているのか。

松尾のお母さんをはじめ、みんなが驚いた表情で俺を見ている。

やってしまった……。興奮しすぎた。

一瞬、後悔したが、どうしても反論したい。

落ち着け、落ち着け、と自分に言い聞かせる。

落ち着いて話せば、わかってもらえる。

俺はなおも言葉を続けようと口を開いた。そのとき……。


ドンドン！　ドンドンドン！


激しくドアを叩く音が会議室に響いた。そして、２年の牧野が飛び込んできた。

「キャ、キャプテン!!」

「どうした、牧野!?」

「あ、あの……」

会議室の雰囲気に驚いたのか、牧野が黙ってしまった。

「どうした！　なにがあった？　遠慮なく言え！」

俺は大声を出した。

「あの、ぶつかって……」

「ぶつかった？　なにが？　なにがぶつかったんだ？」

「あの、フライを捕ろうとして、ぶつかって……」

「牧野くん！　ハッキリ言いなさい！　誰かがケガをしたのか？　どんな状況だ？」

杉田先生の鋭い声が飛んだ。

「あの、意識がないみたいで……」

「すぐ救急車を呼びます！」

杉田先生が立ちあがった。

ほとんど同時に俺は、会議室を飛び出していった。

＊

ぶつかったのは、松尾と曽根だった。

守備練習でフライを追い、お互いに声で確認することなく、激突してしまったようだ。曽根は鼻とくちびるから出血していた。

問題は松尾だった。頭からわずかに血を流し、グラウンドにグッタリと横になっていた。だが、意識はしっかりとしている。

「松尾、大丈夫か!」

声をかけるが、返事がない。

久保が、青ざめた顔で、松尾のすぐそばに突っ立っている。

「久保、保健の先生は!?」

「……すまん、イガラシ……」

「いや、そうじゃなくて、保健の先生は呼んだのかって聞いてるんだ!」

「あ、ああ……」

なんだかすごくもどかしい。

「保健の先生なら、佐藤が呼びに行ってるから!」

慎二が、久保に代わって答えた。

事実、グラウンドを走ってくる保健の先生の姿が見えた。

杉田先生や校長先生、保護者の人たちも、グラウンドに駆けつけてきた。倒れているのが松尾だと知って、松尾のお母さんが悲鳴をあげた。

「直樹ぃ！」

叫んで、松尾にすがろうとするのを、近藤のお父さんが必死に止めた。

「動かさないほうがいい！　もう救急車を呼んでますから！」

「直樹！　しっかりして！　どうしよう。直樹ぃ！　ねえ、返事して！」

松尾のお母さんは、完全に取り乱していた。泣きながら叫び、そして俺をにらみつけた。

「どうしてくれるの？　イガラシさん！　あなたの責任よ！　直樹になにかあったら、許しませんからね！」

針のように、ナイフのように鋭く、言葉が刺さった。

俺の責任だ……。

倒れたままで動かない松尾から、目が離せない。

遠くから救急車のサイレンが聞こえてきた。

早く来い！

救急車は近づいているはずなのに、いつまでたっても遠いところでサイレンが鳴っているように聞こえる。

「俺、校門まで行ってきます！」

そう言って俺は、救急隊員の人を迎(むか)えに行くために走り出した。

3rd

イニング

〈イガラシ〉


松尾の事故から四日がたった。

俺は、校庭の隅にあるベンチに、杉田先生と並んで座っていた。

今は放課後。けれど、グラウンドに野球部員たちの姿はない。俺たちがいないぶん、サッカー部の連中がグラウンドを広々と使って練習をしていた。

野球部には、二週間の活動禁止処分がくだされていた。

選抜大会は来週から始まる。つまりそれは、墨谷野球部が選抜大会を辞退することを意味していた。

「まあ、イガラシ君、元気を出して。松尾君もすぐに退院できたし、二週間後に、また新しい気持ちでスタートを切ればいいんだから」

言葉が出てこない。俺は「はい」という返事すらできないほど気落ちしていた。

頭を打った松尾は、念のために、一日入院したものの、結果的にはなんの問題もなかった。

脳震盪だったらしい。曽根のほうは、くちびるを三針縫っていた。

事故があった翌日、新聞社の人たちが取材に来た。

非常識に過剰な練習をする学校を「選抜大会の優勝候補」なんて持ち上げるのはどういう見識か？　その過剰な練習が原因で事故が起きたことを知っているのか？　などと、抗議が来たらしい。

取材に来たのは、俺たちのことを優勝候補と書いてくれた記者の人だった。

手のひらを返したように、その人から「練習が厳しすぎたとは思わない？」と批判的な質問をされた。

朝練と昼練で約3時間。放課後の練習は約4時間という「授業がある平日に、7時間もの練習をする墨谷二中野球部」のウワサは、インターネットであっという間に〝拡散〟していったらしい。

俺は見ないようにしていたが、誹謗中傷も含め、たくさんの意見がネットの掲示板などで飛び交っていたそうだ。

問題は、どんどん大きくなっていった。

教育委員会や選抜大会の主催者にも、もちろん学校にも、非難や抗議が、電話やメールなどでたくさん寄せられていた。

学校で、保護者会が開かれることになった。野球部の保護者会ではなく、学校全体の保護者会だ。そこでも「時代錯誤」や「シゴキ」と、野球部を非難する言葉が集中した。

事態を収拾するために、校長先生は野球部の活動禁止と選抜大会の出場辞退を決断した。

俺たちは、それを受け入れるしかなかった。

*

「ホントに悪かった。本来であれば、事故を起こさないように配慮するのは、顧問である僕の役目なんだ。それを僕は、野球を知らないのを言い訳に、全部、キミに押しつけてしまっていた。申し訳なかったと思っている」

杉田先生が再び口を開いた。

いや、先生にはなんの責任もない。そう言いたかったけれど、俺の口は重く、言葉が出てこなかった。

「ねぇイガラシ君、キミはやめていく部員たちのことを、どう思っていた？」

しばらくして、杉田先生がポツリと言った。視線をこちらに向けず、サッカー部の練習を眺めたままで。


やめていく部員たちのこと。

俺は、あいつらのことを、どう思っていたんだろう？

正直、なんとも思っていなかったのかもしれない。やめていった連中は、即戦力ではなかった。はい上がってくる努力もしなかった。

強いチームを作るために、必要のない連中……。

あえて言うなら、俺はそう思っていた。


「人はね、イガラシ君。それぞれ違うんだよ」

サッカー部の練習を見ながら、先生は言葉を続ける。

「イガラシ君が1時間でできるようになることを、別の人は、3時間かかったりもする。なかには、最後までできるようにならない人もいるかもしれない。でも、それは自然なことなんだ。

だって、みんなそれぞれ違うんだから」

そんなこと……、そんなことも、俺はわかっていなかった。

「キミは、これからもキャプテンとして何人もの部員を指導していくんだから、その思いやりは忘れないでほしい。もっと早く、僕たちはこのことについて、話し合うべきだったね。だって、たくさんの1年生がやめていったことを、僕は知っていたんだから」

やめていった多くの1年は、俺にではなく、顧問の杉田先生に退部届を提出していた。
だから、部員がどんどん減っていたことを、先生は知っていたんだ。でも、先生はなにも言わなかった。黙って、俺のやり方をずっと見守ってくれていた。

「僕は、キャプテンとしてのキミを応援していた。大きな目標に向かって情熱を持つことは素晴らしいことだと思っていたから——」

でも、その結果がこれだ。

今回の事態を受け、部員の数はさらに減った。

その中には、今日、退部届を提出した「松尾」も含まれていた。

一年生で残ったのは、佐藤と慎二だけ。全体でも、わずか十一人の野球部になってしまった。

「もちろん、これからも僕は、キミや野球部を応援していくよ。イガラシ君、僕たちは、今回の経験から学ぶんだ」

最後まで俺は、先生に返事をすることができなかった。

楽しそうに練習をするサッカー部の連中を、ぼんやりと眺める。

今回の件で、俺は、いったいなにを学べるというのだろう。

俺はキャプテン失格だ。わかっているのはそれだけだ。

だから、「これからもキャプテンとして何人もの部員を指導していく」なんてことはない。

俺は、野球部をダメにしてしまった張本人だ。墨谷野球部を、もう取り返しのつかない状況にまで、俺は追い込んでしまった。

だから……、責任を取るべきだ。

俺は、空を見上げる。

とてもスッキリとした、気持ちのよい青空が広がっていた。

こんないい天気の日に野球の練習をしたら楽しいだろうな。そんなバカげたことを、俺はチラリと思った。

それは本当に、バカげたことだった。

〈慎二〉

「兄ちゃん、キャッチボールやろうか？」

部屋でぼんやりしている兄ちゃんに向かって声をかける。

でも、返事はない。兄ちゃんは、ただ床に寝転んで、天井を見ている。

「ねえ、やろうよ？」

「慎二、そういうのはいいよ」

そう言って兄ちゃんは、ゴロリと僕に背中を向けた。

こんなことは初めてだった。もう、五日間も兄ちゃんは野球のボールに触っていない。

どうすればいい？　もう一度、声をかけてみようか。

いや、ダメだ。今は、そっとしておいたほうがいいのかもしれない。僕は、部屋を出て一階へと向かう。

今日は日曜日。中学生になり、野球部に入って以来、土日はずっと練習だった。だから、急に休みができてもなにをしていいのかがわからない。

居間から、お店の様子をそっとのぞいてみる。僕の家はラーメン屋をしている。

お客さんがたくさん来ていた。暇そうだったら、兄ちゃんのことを相談してみようと思ったけど、忙しそうだからやめておいた。

兄ちゃんのことを考える。大雨の日だって、部屋の中で素振りをし、「手になじませるんだ」と言ってボールをずっと離さないほど野球が好きだった兄ちゃんが、五日間もなにもしないなんて信じられない。

まさかとは思うが、兄ちゃんは野球をやめてしまうかもしれない。

おとといの夜、ポツリと「責任を取らなくちゃな」とつぶやいていたのを思い出す。

どうしたらいいんだろう?

杉田先生や先輩たちに相談してみようか。でも、兄ちゃんは、ものすごく頑固だ。余計なことをしたら、逆効果になってしまう可能性がある。

焦(あせ)らないほうがいいのかもしれない。

野球部の活動禁止期間は、まだ一週間以上ある。

ともかく、今は一人で練習を始めてみよう。僕が一人で練習しているのを見て、兄ちゃんが少しでも心を動かしてくれたら、しめたものだ。

僕は部屋に戻(もど)り、バットとグローブとボールを持って、また部屋を出た。兄ちゃんが、チラリとこちらを見たけれど、僕はあえてなにも言わなかった。

(待ってるから)

心の中だけで言った。

野球をやらない兄ちゃんなんて、兄ちゃんじゃない。

バットとグローブとボールを持って家を飛び出す。

(兄ちゃん、待ってるから!)

僕たちの部屋を見上げて、もう一度心の中で言った。そして、一人で練習ができそうな河川(かせん)敷(しき)の公園へと、僕は走り出した。

〈イガラシ〉


あいつ、どこかで見たことがあるな。

たしか野球部にいたはずだ。

放課後、家に帰るところだった。野球部が活動禁止になって一週間、なにもすることのない俺は、いつものように、一人で昇降口を出て校門へと向かっていた。

間違いない、野球部にいた１年だ。たしか十日ぐらいでやめてしまったはずだ。バスケ部のユニフォームを着ていた。あいつはバスケ部に移ったんだな。

少し気になる。体も大きく将来的には有望だと考えていた奴だ。ただ、守備も打撃も、あまりにも粗いから、とても一か月後の選抜大会には使えないと思い、レギュラー候補から外したんだ。

体育館までやってきた。さっきの１年のことが、どうしても気になっていた。

中をのぞいてみると、男女のバスケ部が、一面ずつ使い練習をしていた。

野球部にいた１年を見つけた。ドリブル練習をしている。動きは悪くないなと思った。

さまざまな後悔が俺を襲う。

あの1年は、最上級生になったころには、主力を打てたかもしれない。それなのに俺は、あいつの名前すら覚えていない。目の前の選抜大会に、俺は、あまりにもとらわれすぎていたんだ。

その1年は、楽しそうに練習をしていた。あいつにとっては、今のほうが幸せなのかもしれないな。

ピーッと鋭い笛の音がした。

音のしたほうに振り向くと、女子バスケ部の練習だった。

一つのコートを、さらに半分に分け、そこでキャプテンの大西が審判になり、1年生だけでミニゲームをやっていた。

まるで遊んでいるみたいだった。

入部して、まだ一か月もたたない1年生たちは、ドリブルやパスもまだまだで、とてもバスケットボールといえるレベルにはなかった。

残り半分のコートでは、上級生たちが、シュートやパスの練習をしている。

ずいぶんのんびりしているなと思った。

大西がこちらを見た。俺がいることに、気がついたみたいだった。

「あれ？　イガラシくんじゃない。どうしたの？」

ミニゲームはちょうど終わったらしい。大西が、俺のほうにやってくる。そして、その途中で振り返ると、

「１年生はシュート練習をやっててね。この前教えたように、一球一球ちゃんと狙って投げるんだよ」

と指示を出した。

「どうしたのイガラシくん、バスケ部になんか用？」

「いや、別に。ただ、なんとなく」

そう言葉を濁した。野球部をやめた１年の様子を見に来たとは、さすがに言えなかった。

「そうだよね。野球部の練習がなかったら、時間を持て余しちゃうよね」

野球部の選抜大会の辞退と、二週間の活動禁止は、もちろん学校中の全員が知っている。でも、できれば、その話題には触れてほしくはなかった。だから——というわけではないが、女バスの練習について、俺は聞いてみることにした。

「ずいぶんのんびり練習してるんだな？　もう春の大会が近いんだろ？　キャプテンが１年の

練習とか見てていいの？」

　言ってすぐに後悔した。

　女子バスケ部は、秋の地区大会で優勝したほどの強豪であり、大西はそのキャプテンを務めている。それに対して俺は、野球部を活動禁止に追い込んでしまった張本人。そんなことを言う資格が、俺にあるわけがない。

「うん、いいのいいの。あっちの半分で試合に向けた練習はしてるし。それに、１年生になんにもさせないわけにはいかないからさ」

　そんな考え方もあるのか……。

　いや、久保や小室も同じことを言っていたはずだ。

　それに俺は耳を貸さなかっただけだ。

「そっか。そうだよな。悪かった。じゃあ」

　これ以上ここにいても、自分がミジメになるだけだ。俺は歩き出した。

　背後から「ねえ、イガラシくん」という大西の声が聞こえたが、聞こえないふりをした。

　自分のバカさ加減に腹が立つ。明らかに大西は後輩たちから慕われていた。そんなことは、楽しそうに練習する１年生たちの顔を見ればわかる。

それに対して俺はどうだ。二十人以上もいた１年生を二人にまで減らしてしまった。野球部の練習には笑顔なんてなかった。１年生なんて、弟の慎二を除けば、俺を怖がって近寄りもしなかった。

そんな俺なんかが、大西にアドバイスめいたことをするなんて……。

「ねえ、イガラシくん、待ってよ！」

また、背後から大西の声が聞こえた。さすがに聞こえないふりはできない。

立ち止まり、振り返ると、シューズをはきかえた大西が、俺を追いかけてきていた。

「どうしたんだよ？」

「ねえ、なんか話したいことがあるんじゃないの？」

「いや、ぜんぜん」

そう答えた。話せばキリがないし、グチのようなことを言うのは、あまりにも情けないことのように思えた。

「じゃあ、わたしがイガラシくんに話したいことがある。ねっ？　少し話をしようよ」

「……だって部活はいいのかよ？　キャプテンだろ？」

「大丈夫、大丈夫。わたしがいなくても、みんなちゃんとやるから」

そう言って大西はニッコリと笑った。

*

グラウンドの隅にあるベンチに、大西と並んで座った。

野球部のいないグラウンドでサッカー部がのびのびと練習している。先週もこの景色を俺は見た。違うのは、隣にいるのが、杉田先生から大西に変わったことぐらいだ。

「――そっか、野球部はそんなことになってたんだ」

話したいことは「ぜんぜんない」とか言ったくせに、気がつくと、俺は、ひたすら野球部のことを大西に話していた。いったん話し出してみると、とめどもなく言葉があふれ出てきてしまった。

不思議だ。大西の人柄なのか、俺は、副キャプテンの久保にだって話さないようなことまで話していた。

「わたしは、イガラシくんみたいなやり方、いいと思うよ。運動部なんだしね。とことん上を目指すってやり方は、間違いじゃないと思う」

「でも、女バスは、そんな風にやってないよな？」

大西はクスリと笑った。

「あれは、わたしの性格。厳しく人に言うのが苦手なんだ。キャプテンに向いてないんだよ、わたし。八方美人っていうかさ、みんなに嫌われたくないんだ」

そう言って、大西は少し寂しそうな表情をした。

ちょっと意外だった。秋の大会で優勝し、後輩にも慕われている大西は、理想的なキャプテンにみえた。どうしてそんな表情をするのだろう。

「それに、女バスだって、やめてく子はいるしね。部員が減るのは、仕方のないことだよ」

でも、それも程度による。3学年合わせて三十人以上いた部員を、十一人にまで減らしてしまうなんてのは論外だ。

間違いなく、俺はキャプテン失格だ。

過去の野球部キャプテンたちを思い出す。

谷口さんは無口で、あまり厳しいことを言う人ではなかった。でも、背中で俺たちを引っ張り、いつの間にか、厳しい練習に部員たちを巻き込んでいった。そして、間違いなく俺たちは谷口さんを尊敬していた。

丸井キャプテンは、谷口さんとは対照的なキャラクターだった。よくしゃべり、うるさいくらいおせっかいな人だったけれど、俺たち後輩にも、気さくに接してくれた。夏合宿で、1年たちが練習の厳しさに音を上げ、脱落していったときも、雰囲気を盛り上げようと、あれこれ努力していた。だからこそ、曽根や牧野たち、今の2年生たちも野球部をやめなかったのだろう。


それに対して俺はどうだ？

厳しい言葉と練習で部員たちを追い詰めるだけで、丸井さんのようにフォローすることもなかった。部員たちはついてくるものと、勝手に思い込んでいたんだ。


「野球部、やめないよね？」

ふいに大西の声が聞こえた。

俺はいつしか、自分の思考の中に入り込んでしまっていた。

大西の顔を見る。今にも泣き出しそうな、とても悲しそうな目で俺を見ていた。

返事ができない。なぜなら、それこそが、俺がたどり着いた結論だからだ。

俺は墨谷野球部に残るべきではない。

せめてそうやって、自分がしたことの責任を取ろう。

「ね、イガラシくん。野球部をやめたりしないでね」

返事ができないのは、俺がまだ迷っている証拠だ。でも、そんなことが許されるわけがない。

未練があろうがなかろうが、決断しなくちゃダメだ。

「今でも残ってる人たちは、きっと、イガラシくんのことを信じてるよ。きっと、イガラシくんのやり方を認めてるよ。だから、自分のことを、許されないなんて考えないで。みんなに、イガラシくんの気持ちを正直に話しなよ。きっとわかってくれるから。話せば、絶対にわかってもらえるって！」

ありがたいな。

そんな風に言ってくれるのは大西だけだ。でも、それはきっと大西が部外者だからだ。中にいれば、俺のキャプテンとしてのダメさがわかるはずだ。俺が、許されないキャプテンだとわかるはずだ。

俺は、野球部をやめる。

やっと来たか。待ってるほうの身にもなってくれっての。

俺は、女バスの大西と別れて歩き出したイガラシを、校舎の近くで待ちうけていた。

「よぉ、イガラシ」

軽く手を上げて、イガラシに声をかける。あれ以来、イガラシとは、ほとんどまともに話をしていなかった。明らかに避けられていたから。

久しぶりなせいで、どこかぎこちなくなってしまう。でも、俺は、なるべくさりげない雰囲気を出したつもりだった。

「よぉ、久保……」

イガラシは小さな声で答える。あまり俺と視線を合わそうとしない。

「お前を待ってたんだよ。なのに、女子とイチャイチャしてやがってさ」

そう笑いながら言った。もちろん冗談のつもりだった。

けれどイガラシは笑うどころか、返事すらしない。困ったな。まあ、こうなったら仕方がない。余計な話は省いて本題に入ろう。

「来週からやっと再開できるな。その、野球部の練習のことなんだけどさ――」

そう俺が切り出したら、イガラシが歩き出した。慌てて並んで歩く。

「おい、逃げるなよ。そろそろ練習のこと考えておかないとマズいだろ」

イガラシは返事をせずに歩く。「逃げるな」とまで言っているのに、なんの反応もしないのは明らかにおかしい。

しばらくの間、そっとしておこうと考えたのがマズかったのかもしれない。

校門までやってきた。家の方向は違うが、このままイガラシと別れるわけにはいかない。そのままイガラシと並んで歩き続けた。

「考えたんだけどさ――」

ふいにイガラシが話し始めた。

「――俺、野球部をやめることにした」

落ち着け。

そう自分に言い聞かせた。予想できた言葉じゃないか。

「俺は、キャプテンとして責任を取るべきだと思う」

イガラシは、そう言葉を続けた。ポツリポツリと絞り出すような話し方から、イガラシが苦しんでいるのがわかる。

「俺は、墨谷野球部をダメにしちまったからな」

「いや、そんな責任の取り方はないだろ」

「……あるよ。ニュースとか見てないか？　問題が起きたら、責任者は、責任を取ってやめるんだ。つまり、キャプテンの俺だ」

「いや、ニュースとか関係ねえし」

「じゃあ、プロ野球とかサッカーとか、なんかでもいいや。チームの成績不振で監督が辞任するだろ。ウチで起きたことは、成績不振なんてもんじゃない」

「だからぁ！」

思わず大声が出た。

「そういう理屈はいらねーから！　とにかくやめるなって言ってんだよ！」

気がついたら、イガラシの胸ぐらをつかんでいた。

イガラシはなにも言わない。ただ、俺の顔をじっと見ている。

下校中の他の生徒たちが、驚いたように俺たちを見ている。

「……離せよ」

イガラシは静かに言って、俺の手を振りほどいた。

イガラシが歩き出した。俺は、イガラシの横に並んで歩く。

「おい、聞けよ――」

「じゃあ、もしさ――」

俺の言葉にかぶせるように、イガラシが話し始めた。

「もし、こんな状態の俺が野球部に残ったとして、それが野球部にとっていいことだと思うか？こんな覇気のない奴がキャプテンをやって。お前は、それでいいのかよ？」

「そんなの時間が解決するだろうよ」

「ムリだよ」

イガラシが薄く笑った。

「俺は自分にあきれてるんだ。自分のバカさ加減にさ。キャプテンになる資格のない奴がキャプテンなんかやるから、こんなことになったんだ」

「イガラシ……」

こんな顔つきのイガラシを初めて見た。無表情というよりは、目に力がなく、どこにも視線が合っていないようだった。まるで別人だ。

「じゃあな。お前んち、向こうだろ？　家に帰れよ」

イガラシは俺の顔を見ずに言った。そして、そのまま歩き続ける。

追いかけることができなかった。

今、追いかけていって説得してもムダだ。それだけはわかった。あいつの中で燃えていた思いが、完全に消えてしまっている。

どうすればいい？

トボトボと歩いていくイガラシの後ろ姿を見ながら、俺は途方に暮れた。

〈**イガラシ**〉

まるで眠くならない。

ぜんぜん運動していないのだから、ある意味、当然かもしれない。朝練もないから、起きる時間も遅いし……。

夜の10時。俺はベッドを降りて部屋を出た。チラリと振り返り、二段ベッドの上で寝ている慎二を見る。寝ているのか、起きているのかわからない。ここ数日、慎二は、キャッチボールをしようと俺に言わなくなった。正直言って、ホッとしている。俺が断るたびに悲しそうな表情をする慎二の顔を見たくなかったからだ。

一階に降りて、台所で水を飲む。

「おい」

急に背後から声をかけられた。

振り返ると、そこに父さんがいた。

父さんが、台所に来るとは思わなかった。ラーメン屋の営業時間は、夜の9時までだから、この時間の両親は、片付けや明日の仕込み（しこ）で、まだ厨房（ちゅうぼう）にいると思い込んでいた。

「なに？」

「悪かったな。野球部の保護者会に行けなくて」

そう父さんは言った。

驚（おどろ）いて父さんの顔を見る。父さんは、大まじめな顔で俺を見ている。

「お前の弁護をしてやれなかった」

クスリと笑ってしまった。

いくらなんでも弁護は大げさだ。それに、どんなに弁護をしてもらったとしても、保護者会の最中に事故が起きてしまったのだから、今の結果は避けられなかったはずだ。

「いや、ぜんぜん平気だよ」

「悪かった」

父さんはもう一度言った。

「あんまりお前たちが物分かりがよすぎるから、つい子供たちに甘えちまった。今まで、お前たちになにもしてやれなかった。授業参観に行ったり、運動会を見に行くとか……。それに、今度のことだって、お前の味方をしてやることができなかった」

「慎二に聞いたの？」

「まあな」

「俺は大丈夫だから心配しないで」

ウチの親が野球部の保護者会に来なかったことを、本当に俺はなんとも思っていない。

商売をしているのだから、保護者会はもちろん、授業参観や運動会に親が来ないのも、当然だと考えていた。慎二は、ときどき不満を言ったりもしたが、いつも「ガマンしろ」と俺がたしなめていたくらいだった。

「野球、やめるんじゃないぞ」

父さんの目が真剣だった。

「ウン、やめない」

俺はズルい答え方をした。

俺は、墨谷二中の野球部はやめる。でも、野球をやめるつもりはなかった。

高校に入学したら、また野球部に入る。ただし、もうチームなんか関係ない。ひたすら自分のことだけを考え、自分の技術向上にだけ集中するつもりだった。

「やりたいことは、やめちゃダメだ。いいか？　もし、お前が野球の強い私立高校に行きたいのなら、行っていいんだぞ。子供が親に遠慮なんかしてどうする。青葉学院のことだってそうだ。お前が行きたいのなら、そう言えばよかったんだ」

俺は驚いて父さんの顔を見る。なぜ俺が青葉に行きたかったことを知ってるんだろう？　俺は慎二にだって話していないはずだ。

「大丈夫、やめないよ。高校のことも、ちゃんと考えてるから」

俺は、そう父さんに言った。

プランを変更しただけで、野球自体をやめるわけではない。

最初の予定では、俺は、春の選抜と夏の全国大会で優勝して、甲子園出場の実績がある高校から誘いを受け、そこに進学するつもりだった。そして、高校でも活躍をして、さらに上のステージで野球をするというプランだった。

それは崩れたけれど、だからといって、野球を完全にやめてしまうつもりはない。

俺なんかが、キャプテンをやるから、チームのことを考えたりするから、とんでもないことをしてしまったんだ。

俺は、そんなことができる奴じゃないのに……。

谷口さんや、丸井さんのように、チームのためになる人じゃないのに……。

もういい。

まわりに迷惑をかけないように、俺は自分のプレーのことだけ考えよう。そのためには、いっそ野球の強い私立に行ったほうがいいのかもしれない。

父さんの言うように。父さんの思いとは違うけれど……。

中学野球で実績を残すことはなくなったから、強豪校から誘いを受けるのはムリになった。

でも、テストを受けるっていう手もある。

「やめないんだね。それを聞いて安心したよ」

母さんの声がした。

見ると、母さんが、店の厨房から顔だけ出して、俺たちのことを見ていた。

「父さんが、男同士の話をするから口をはさむなって言うからガマンしてたけど、やっぱり気になっちゃってさ」

母さんはそう言って笑った。

「大丈夫だよ。心配してくれてありがとう」

そう言って、俺は笑顔を作った。

(でも、ゴメン。半分はウソなんだ)

そう心の中でつけ加えた。


俺は、初めてグローブとボールを買ってもらった日のことを思い出した。

小学校1年のときだった。学校から帰ってきたら、テーブルの上にグローブとボールが置いてあった。あのときのうれしさを、俺は忘れていない。あの日以来、俺は野球のとりこになった。だから、両親にはすごく感謝している。

退部を決意した日に、こんなことを思い出すなんて……。

でも、中学野球はこれでおしまい。

それはもう決定事項だ。

＊

「これは受け取れないよ、イガラシ君」

杉田先生の目が厳しい。先生は、俺が提出した「退部届」を見てそんな風に言った。

「キミだけはダメだ。絶対に認めることはできない」

放課後、俺は職員室に杉田先生を訪ねていき、この退部届を提出した。

「でも、俺は責任を取らないと……」

「責任の取り方ならいろいろある。最後まで、きちんとキャプテンとしての仕事をまっとうするのも、責任の取り方だから」

久保も似たようなことを言っていた。でも、今の俺は完全に気持ちが切れてしまっている。

このまま野球部のキャプテンを続けても、かえって悪影響を与えてしまうだろう。

「こんな対応は教師として間違っているかもしれない。だって、他の生徒の退部は、今まで認めてきたんだからね。でも、イガラシ君、キミはやめちゃダメだ。だから、これはこのまま僕が預かっておく。いいね?」

そう言って先生は、俺が提出した退部届を机の中にしまった。そして、俺を見て微笑む。退部なんていう重たい話題とは不釣り合いなほど、杉田先生の笑い方は優しかった。

*

家に向かって歩いていた。結局、退部は「保留」という、曖昧な形にされてしまった。

大西といい、久保といい、杉田先生といい、こんな俺に、いったいなにを期待しているんだろうと思う。

歩きながら、空を見上げる。太陽はまだ高いところにあった。こんな時間に家に帰ることにも、すっかり俺は慣れてきている。

家の前に二つの人影があった。

誰だろうと思って見ると、それは谷口さんと丸井さんだった。

まいったな……。

誰かが知らせたんだろうか？

いや、選抜大会を墨谷二中が辞退したことは、ニュースにもなった。だから、それでやってきたのかもしれない。お説教かもしれないし、心配されるのかもしれない。いずれにせよ、歴代のキャプテンである谷口さんや丸井さんに会いたくはなかった。というより、今の俺には、二人に合わせる顔がなかった。

「よお、イガラシ、久しぶりだな」

俺に気がついた丸井さんが声をかけてきた。

丸井さんも谷口さんも学生服を着ている。二人は違う高校に行っているはずだが、連絡を取り合って、わざわざ来てくれたようだ。

「お久しぶりです」

そう言って、二人に頭を下げた。

「イガラシ、元気そうだね」

谷口さんが、変わらない優しい口調で言った。

(いえ、元気ではありません——)なんて言えるわけがない。

「はい……まあ」

と曖昧に俺は答えた。

「よし、イガラシ、キャッチボールしようぜ!」

丸井さんがいきなり言った。なぜかはわからないけれど、丸井さんはとても楽しそうにニコニコと笑っている。

「キャッチボールですか? いや、それはちょっと……」

「なんでだよ? やろうぜ!」

「でも、そんな気分じゃ……」

「気分てなんだよ? それに、俺たちは先輩(せんぱい)だぜ。先輩の誘いを、お前が断るわけ? しかもさ、百歩譲(ゆず)って、俺の誘いを断るのはいいよ。でも、谷口さんの誘いは断れないだろう」

そう言って、ヌッと丸井さんは顔を近づけてきた。その顔は、相変わらずニコニコと楽しそうだ。

どうも、丸井さんの感覚が理解できない。この笑顔はなんなんだ。

「そういうこと。イガラシ。さあ、キャッチボールをやろうよ」

谷口さんからも言われてしまった。たしかに谷口さんの誘いを断ることはできない。

「……わかりました。じゃあ、グローブを取ってくるんで、ちょっと待っててください」


慎二も誘おうと思ったら、まだ学校から戻っていなかった。最近、慎二は家に帰ってくるのが少し遅い。

河川敷までやってきた。ここならスペースが十分にある。三人で三角形に広がりキャッチボールを始めた。

谷口さんが俺に投げ、俺が丸井さんに投げる。そして、丸井さんが谷口さんへと投げ、そうやってボールをグルグルと回していく。

やっぱり気持ちがいい。久しぶりのボールだ。

特に話をすることもないまま、三人でキャッチボールを続けた。


丸井さんの狙いがわかった。

俺は、かつて、丸井さんが谷口さんとキャッチボールをしていた場面を思い出した。あれは丸井さんがキャプテンになって、少したったころのことだ。

そのころ、丸井さんをキャプテンから降ろそうとする動きが野球部の中にあった。

丸井さんは、キャプテンを降りることを受け入れた。

そして谷口さんと二人で、こうしてキャッチボールをしていたんだ。

俺はその光景を見ていた。

二人は、なにも話をしていなかった。

本当にただキャッチボールをしていただけだ。

でも、そのあとで、俺が丸井さんに「キャプテンに戻ってほしい」と伝えると、意外なほどアッサリと丸井さんは承知してくれた。へそを曲げられるかもしれないと心配していたのに、あんまりカンタンで、俺は拍子抜け(ひょうしぬ)けしてしまったほどだ。

でも、今はその理由がわかる。

キャッチボールを通して、丸井さんは谷口さんと話をしていたんだ。一球一球、ボールをやり取りしながら、気持ちのやり取りもしていたんだ。

そして俺も……。

ボールを通して、谷口さんや丸井さんの気持ちが伝わってくる。

「がんばれ」

「負けるな」

「あきらめたらダメ」

そんな言葉が、谷口さんから伝わってくるようだ。谷口さんからだけじゃない。俺の球を受ける丸井さんの気持ちだって、ビンビンと伝わってくる。

「そろそろ逆回りにしようか」

谷口さんがそう言って、今度は、丸井さんに向かってボールを投げた。そして、丸井さんから俺へ。俺から谷口さんへとボールが回っていく。

バシン！

丸井さんの球が徐々に強くなっていった。いや、球だけじゃない。ボールを捕ってから投げるまでの間隔がどんどん丸井さんは短くなっていった。まるで、ダブルプレーをとるときのセカンドのような調子で、丸井さんは強い球を投げてくる。

負けるわけにはいかない。

俺も、捕ると同時に素早く体をひるがえし、谷口さんに強い球を投げた。谷口さんも負けずに捕球から投げるペースを速くしていく。

そうやって、どんどんと三人でボールを回していった。ピュン、ピュンと、ものすごいペースで、三人でボールを回していく。

谷口さんと丸井さんが楽しそうに笑っている。俺だって楽しい。きっと俺の顔もほころんでいるはずだ。笑う資格なんてないのに……。

ペースが上がれば上がるほど夢中になり、そして、いつしか俺は無心になった。


「もう、これくらいでやめよう！」

谷口さんの声が聞こえた。

気がつくと、俺は汗びっしょりになっていた。

「ありがとうございました」

谷口さんと丸井さんに声をかけた。二人とも汗をびっしょりとかいている。丸井さんが、俺の顔をじっと見ている。

「うん、大丈夫そうだな」

そう言って、ニッコリと笑った。

〝なにが〟とは言わない。でも、なんのことだか、もちろんわかった。言葉にしなくたって、伝わるものがある。

けれど……。

（ハイ、大丈夫です）

と胸を張って答えることはできなかった。


野球はみんなでやると楽しい。仲間とやると楽しい。先輩や後輩とかに関係なく、信頼できる仲間たちと野球をやれることは楽しい。

自分の技術向上だけを考えてやる野球なんて、物足りない。

それがわかった。

いや、そんなこと、わかっていた。


でも、だからこそ、問題なんだ。

俺自身が多くの仲間を切り捨て、野球部をガタガタにしてしまった。

久保や慎二は、俺に野球部を続けさせようと思っているようだが、他の連中がどう考えているかはわからない。

ましてや、退部していった奴らは、間違いなく俺を憎んでいるはずだ。

「俺、かなり体がなまっちゃったみたいなんで、少し走って帰りますから」

谷口さんと丸井さんに頭を下げて、俺は走り出した。

制服のままだけど、そんなことは関係ない。とにかく優柔不断な俺の顔を二人には見せたくなかった。

「おい、イガラシ待てよ！」

丸井さんの声が背後から聞こえた。けれど、そのまま聞こえないふりをして俺は河川敷の土手を駆け上がった。谷口さんは、なにも言わなかった。


沈みゆく夕陽の中を走りながら、俺は考える。

俺は、どうすればいいんだ？

俺は、ただ野球が好きだったわけじゃない。

「仲間」とやる野球が好きだったんだ！

けれど、その「仲間」を、俺は切り捨ててしまった……。

考えがグチャグチャでまとまらない。

思い切りスピードを上げて、河川敷の土手の道を走る。息が切れ、苦しくなってくる。

でも、そのほうが余計なことを考えなくていい。

さらに俺はスピードを上げた。もうほとんど短距離の全力疾走だ。

このままぶっ倒れるまで走っていたい。

俺は、本気でそう思った。


〈久保〉


どういう結果になるにしろ、もうハッキリさせよう。

二時間目が終わった休み時間に、俺はイガラシの教室に入っていった。

「イガラシ、話があるんだ。放課後、付き合ってくれ」

自分の席に座り、一人でぼんやりしているイガラシの前まで行き、一気にそう言った。

「お前がどういう結論を出すにせよ、それを、野球部のみんなに説明する義務がある。その意味はわかるな？」

「久保……」

イガラシがなにかを言いたそうにした。

気になる表情だ。この前とは少し違うように思う。なにかがイガラシの中で起きているのかもしれない。そう信じたい。

「なんだ、イガラシ？　言いたいことがあるなら、言ってみろ」

しかし……、イガラシは下を向き、なにも言わなかった。

焦るな、と自分に言い聞かせる。

小さく深呼吸をする。

「とにかく、放課後、河川敷に来てくれ。そして野球部のみんなに、お前の考えを話してくれ。

もし、それがキャプテンとしての最後の仕事になるのなら、それもいいだろう。キッチリと、
ケジメをつけろ。いいな？」

「わかった……」

イガラシが小さな声で返事をした。

「よし。放課後、河川敷だぞ。必ずだ」

そう念を押(お)した。

これは賭(か)けだ。

もう時間がない。いつまでも曖昧(あいまい)なままにしておくわけにはいかない。

そして、もし賭けに負けて、イガラシが野球部をやめると言うのなら、それも仕方がない。

もとの弱い野球部に戻(もど)るだけだ。

そんな程度の野球部だったら、俺でもキャプテンが務まるだろう……。

4th

イニング

〈**イガラシ**〉

河川敷に着いたときには、俺以外の全員がもう集まっていた。

といっても、その数わずかに十人。俺を入れても、十一人にしかならない。

これが墨谷野球部の現状だ。

「よし、イガラシ、頼むぞ」

久保にそう声をかけられた。

ここに来るまでの間、俺はずっと考えていた。そして、最後まで考えがまとまらなかった。

俺はいつからこんなに優柔不断になったのだろうと情けなくなってくる。

みんなの前に立ち、全員の顔を見まわす。

この少ない部員の数を見ると、自分の引き起こしたことに、あらためて震える思いがする。

「みんな──」

考えがまとまらないまま、俺は話し始めた。

「ここにいる十一人が、墨谷野球部の全員だ。まず、こんなにも部員を減らしてしまったことを、俺はキャプテンとして謝らなければならない。ホントに申し訳ないと思っている、すまん。

許してくれ！」

　そう言って、頭を下げた。

　誰も、なにも言わなかった。

　沈黙の中、俺は顔を上げ、再びみんなを見まわす。

「俺は、強い野球部が作りたかった。どこにも負けない、日本一強い野球部を、俺は作りたかった――」

　なんでこんな話をしているんだ？

　今さら言い訳か？

　早く謝って、退部すると言えばいい。

　俺は、なにをしようとしているんだ？

「――ムチャは承知だった。そのためには、どんな犠牲を払ってもかまわない。そう考えていた。……その結果がこれだ。ホントにすまん、許してくれ！」

　もう一度、頭を下げた。

　涙が出そうだった。泣くな！　と自分に言い聞かせた。

　泣きたいのは、みんなのほうだ。俺には、泣く資格もない。俺は顔を上げた。

「責任を取って、俺は――」

言葉が切れた。
自分の意志じゃない。
言葉が、出てこなくなってしまった。
絞(しぼ)り出せ。言わなきゃダメだ。

「お、俺は野球部を――」

この流れるものはなんだ？

「――頼む！　俺は、もう一度――」

なにを言ってる？

「――もう一度、お前たちと、野球がやりたいっ！」

言葉があふれ出てくる。

「俺は、こんな男だ！　でも……、でも、頼む！　もう一度チャンスをくれ！」

ひざまずいていた。

「頼む！　もう一度、俺にキャプテンをやらせてくれ！」

そう言って頭を下げた。地面に頭がついた。

「バカ！」

久保の怒鳴(どな)り声が聞こえた。そして、制服をつかまれ、グイッと体を引っ張られる。

「立て！　誰が、お前にそんなことをしろと言った！」

「けど、こうでもしないと……」

俺は泣きながら答える。

俺は、やっと自分の本心がわかった。いや、ずっとわかっていた。

俺は、みんなと野球がやりたい。

この墨谷二中の仲間たちと野球を続けたいんだ。

でも、そのためには、みんなに許してもらわなくちゃいけない。

「なに言ってんだよ！」

小室の怒鳴り声が聞こえた。

「俺たちゃ、ここにキャプテンの方針を聞くために集まったんだ。早く、全国制覇のためのスケジュールを発表しろよ。練習時間が限られたって、お前なら、なんか考えがあるんだろ」

「小室……」

「そういうことだ、イガラシ」

久保が、ポンと俺の肩を叩いた。

「謝罪なんていらねぇんだよ、俺たちに。少なくともここにいる全員、お前のやり方を認めているんだ。でなきゃ、ここには来ないいって」

「……そうなのか？」

「そうだよ。まったく、お前がやめるって言い出すんじゃないかと思って、ヒヤヒヤしたぞ。まぁ、そんときは、ぶっ飛ばしてでも止めるつもりでいたけどよ」

久保がおかしそうに笑った。

「ホンマですよ。イガラシさんともあろうお方が、やめるとか言い出したら、どうしようかと思いましたわ」

近藤もケラケラと笑っている。

「いや……、だって……」

言葉が切れ切れになる。息が苦しい。

「じゃあ……、俺は、キャプテンを続けていい……のか？」

「そうだよ！　お前がキャプテンでいいんだよ！」

「いいよ！」

「いいです！」

「当たり前ですわ」

「よろしくお願いします、キャプテン！」

「……あの、練習時間は短くなっても、俺はそれでも厳しい練習をしたいんだけど、それでもいいのか？」

「だから、いいんだよ、それで！　お前がキャプテンなんだからさ」

久保が大きな声で言った。

「それより、もっとハッキリ言ってくれよ。今でもお前は、日本一を目指してるのか？」

小室がズバリと聞いてきた。

「……目指したい……と思ってる」

久保がクスクスと笑い出した。

「イガラシさ、そんなデッカい目標を、そんなちっちゃな声で言ってどうすんだよ。もっとデカい声で言ってくれよ」

たしかにそうだ。俺は咳払い（せきばらい）をした。

「俺は、日本一を目指したい。ついてきてくれるか？」

「聞こえないって。もっとデカい声で！　それに、こういうときはさ、『ついてきてくれるか？』じゃなくて『ついてこい！』って言うんだよ！」

そう言って久保が笑う。

俺もつられて笑い、そして、大きく息を吸った。

「日本一になりたい！」

そう大きな声で言った。

「優勝だ！　全国制覇だ！　みんな、俺についてこい！」

「おおっ！」

みんなが声を合わせて答えた。

また涙があふれ出てきた。でも、この涙は、うれし涙だ。みんなが、俺を受け入れてくれたことが、うれしくてならなかった。

「あと、もう一つ大切なことがある。ウチの野球部は十一人じゃない。十二人だ」

久保が、俺の顔を見て言った。

「へっ？　あと誰がいるんだ？」

「一度、退部届を出したけど、もう一度野球部に戻りたいって奴がいるんだ。復帰を認めてくれるよな？」

「もちろんんだ。誰だよ、それ？」

「あそこにいる奴だ」

そう言って久保は、少し離れたところから、こちらを見ている人物を指さした。


そこにいたのは……、松尾だった。

慎二と佐藤が一緒に走り出した。

「松尾ぉぉ～！」

そう言って、大声で松尾を呼んでいる。

その様子を見ながら、久保が俺に説明した。

「あいつが退部届を出した理由も、お前と一緒だぞ。自分がきっかけで、野球部がこんなことになったことを、あいつなりに責任を感じてたんだ」

「いや、あいつに責任なんかない」

「わかってる。でも、あいつは気にしてんだよ。だから、お前の口からハッキリ言ってやれ。『お前に責任はない。一緒に野球をやろう』って」

「わかった」

「それに、あいつ、大反対する母親を、必死に説得したらしいぞ。約束もしたらしい。中間テストと期末テストで、絶対に学年の10番以内に入るって。それだけ、あいつは野球を続けたいんだよ」

「うん、大歓迎だ」

慎二と佐藤に連れられ、松尾が俺の前にやってきた。

どこか表情がオズオズとしている。

「松尾、よく、戻ってきてくれたな」

そう俺のほうから声をかけた。

「すいませんでした。でも、僕……、やっぱりみんなと野球がやりたくて。もう一度、野球部に入れてもらえますか？」

「当たり前だ。お前は、大切な野球部の仲間だ！」

「あ、ありがとうございます。ホントにすみませんでした」

「バカ、謝るな。謝るなら俺のほうだ。また、一緒に野球をやろう」

「イガラシさん……」

「いいから！　余計なことを気にするな！　いいな、一緒にがんばろう！」

そう言って、松尾の肩に手をかけた。

頭をポンポンと叩いた。

俺がこんな風に、後輩(こうはい)とコミュニケーションをとるのは、初めてのことだった。

〈夏樹〉

よかった。

グラウンドで野球部が練習をしている。

そこにイガラシくんがいる。

今日から、活動禁止処分がとけ、野球部が練習を再開した。

わたしは、体育館を出て、グラウンドが見えるところまで行き、野球部を眺めていた。

「ナツキせんぱ〜い、なにしてんですか⁉」

女バスの後輩の明日香ちゃんが追いかけてきた。彼女は2年生だけど、なんだか気が合うので、友達みたいな付き合い方をしている。

「うん、ちょっとね」

とりあえず、そんな風にとぼけてみた。

「よかったですね、野球部の練習が再開して」

明日香ちゃんは、そう言ってニコニコとしている。

やっぱり、ふつうにバレている。どういうわけか、明日香ちゃんは、わたしの視線の先をお見通しだ。

「お似合いだと思いますよ。野球部のイガラシさんと。……身長以外は」

そう言ってクスクスと明日香ちゃんは笑った。

でました、身長ネタ（笑）。

わたしの身長は、１７０センチは余裕である。だから、ハッキリ言ってイガラシくんよりも、ずっと背が高い。バスケでは有利だけど、それ以外の場所では、わたしのこの身長は、ちょっとコンプレックスだったりもする。もし、万が一、イガラシくんとデートすることがあっても、ハイヒールは絶対にはけない。

「大西せんぱ～い！　野口先輩が呼んでますよ！」

体育館から、わたしを呼びに、１年生が走ってきた。

「ゴメ～ン、すぐに戻る！」

そう答えてわたしは、明日香ちゃんとともに体育館へと走る。

やばい、やばい。

副キャプテンの野口さんは、わたしと違って、かなり練習にストイックな人だ。遊びの要素なんて練習に必要ないと、いつもわたしに主張してくる。キャプテンなのに、練習を抜け出すとは何事かと怒られてしまう。

　体育館へと走る。

　走りながら、もう一度振り返り、楽しそうに練習するイガラシくんを見る。その姿を見るだけで、わたしもバスケをがんばろうという気になれる。

〈**イガラシ**〉

「イガラシ、なまったんじゃないのか！」

　ノックをしながら、久保がそう大きな声で言った。

　俺は志願してノックを受けていた。動きが鈍い自覚があった。サボっていたツケだ。カンを取り戻すべく、俺は必死にボールを追った。

「どうした！　動きが鈍いぞ！」「それくらい捕れるだろ！」「お前、それでもキャプテンなのかよ！」「ホラッ、声を出せ！」

　次々と厳しい球を俺に浴びせながら、久保は楽しそうに怒鳴る。

「まだまだぁ！　もっと来い！」

俺もサードのポジションから怒鳴り返す。

野球って楽しい。

みんなで練習できることが、こんなにも楽しいのかと俺は驚いていた。

「よし、内野は、ダブルプレーの練習をしよう！　曽根がショート。慎二、セカンドに入れ！　佐藤、お前はファーストだ！」

俺は、１年の二人にも指示を出した。

「ハイ！」

二人は、大声で返事をして、それぞれのポジションについた。

「よし、久保、来いぃぃぃ！」

「おお、遠慮しねえぞ。これが捕れるか、イガラシ！」

キン！

ややショート寄りに強い打球が来た。

俺は、すばやくその球をさばくと、すぐにセカンドに送球する。慎二も、俺の球を受けると、しなやかに体を回転させ、すぐにファーストに投げた。

うん、慎二の動きがいい。どこかで毎日練習をしていたのかもしれない。だから、帰りがずっと遅かったのだろう。

「いいぞ、慎二！　兄貴より、よっぽど体の動きが軽いぞ！」

久保が、うれしそうに叫ぶ。

ちぇ、言いたいこと言ってやがる。俺は苦笑いした。

グラウンドの外れにあるベンチには、杉田先生が座っている。スケッチブックを手にしていた。練習する俺たちの姿を描いているのだろう。

これからは、杉田先生が練習につき添うことになった。

厳しすぎる練習をしないよう、そして5時半にはキッチリと練習を終えるよう指導する役割らしい。

そして、朝練も昼練もナシ。

これが、野球部が活動を再開するにあたっての、俺たちに課せられた条件だった。

でも、今の俺には、そんなことは関係ない。

野球ができるだけで幸せだ。

こうしてみんなとボールを追いかけているだけで、俺は楽しくてならない。

「さあ、もっと来い！」

俺は、声をからして、厳しい球を久保に要求した。

＊

「お疲れさまでした！」

練習を終え、俺は、杉田先生に声をかけた。

「ウン、お疲れさま。くれぐれも、校外でこっそり練習とかしないようにね」

そう言って先生は笑った。

「はい、もちろんです」

俺も笑って答える。

先生によると、少なくとも期末テストまでは、今のやり方を続けていくらしい。言い換えれば、このまま問題を起こさなければ、期末テスト明けには、もう少し長い練習時間が確保できるということだ。

「あれ、先生、これイガラシさんですやん！」

杉田先生のスケッチブックをチラリとのぞき込んだ近藤が言った。

「おっ、近藤君、よくわかったね？」

「そりゃあ、わかりますよ。メッチャ似てますもん！」

近藤は、先生からスケッチブックを受け取ると、パラパラと他のページも見ていく。

「なんやこれ、全部イガラシさんですやん！　先生、こんなん、教師としていけませんよ！　どうせ描くなら、みんなを平等に描いてください」

「ゴメン、ゴメン。なんか、イガラシ君が、あんまり楽しそうに練習してるから、つい創作意欲がそそられてね。明日は、バッチリ近藤君を描かせてもらうよ」

どれどれと、俺もスケッチブックをのぞき込む。

えっ？　これが俺？

スケッチは、思っていたよりも、ずっとラフなものだった。ゴロを捕る場面、送球する場面などがたくさん描かれている。でも、鉛筆だけで描いてあるのに、とても鮮やかだった。まるで、今にも飛び出してくるのではないかと思えるほど、躍動感にあふれている。

でも、どうしてこれが俺だとわかるんだ？　顔や背番号をハッキリ描いてあるわけではないのに。

「なぁ、近藤。なんで、これが俺ってわかるんだよ？」

「わかりますよ。どう見てもイガラシさんじゃないですか」

さも当然というように近藤が答えた。

他の部員たちもスケッチブックをのぞき込む。

「うん、たしかにイガラシだ」

「お前のゴロのさばき方って、いつもこんな感じだぞ」

久保や小室が、それぞれそんな風に言った。

へぇぇ、とちょっと驚いてしまった。

よく考えてみると、自分のプレーを自分で見ることはできない。だから、自分がどんな体勢でボールを捕り、どんな風に送球しているかを、俺はよく知らなかった。

あらためてスケッチブックを見る。

スケッチブックの中の俺は、本当に楽しそうだった。自分で言うのもなんだけど、軽やかにゴロを捕り、跳ねるようにボールを投げている。

「先生、これ一枚いただけませんか？」

杉田先生はニッコリと笑った。

「もちろん。好きなのを選ぶといいよ。なんならスケッチブックごと持っていってもかまわないから」

「ホントですか！　じゃあ、全部ほしいです」

「どうぞ。新しいスタートの記念に、イガラシ君に進呈（しんてい）するよ」

先生の目は、あくまでも優しい。ニコニコとうなずいてくれた。

「ありがとうございます！　大切にします！」

そう言って頭を下げた。

新しいスタート。

本当にそうだ。今日、俺は新しいスタートを切った。

今日が、俺の新しい野球人生の「原点」だ。

初めてグローブとボールを買ってもらった日と同じくらい、今日は俺にとって大切な日だ。

ずっと今のままの自分でいよう。

ここに描かれている姿のままで。

このスケッチブックはずっと大切に持っておこう。そして、なにか苦しいことがあったら、これを開けばいい。
そうすれば、すぐに俺の「原点」を思い出させてくれるだろう。
仲間と一緒に思いっ切り野球ができるのは、
決して当たり前のことじゃない。
それは、幸せなことなんだ。

5th

イニング

まだ、朝の7時前だというのに、もうじっとりと汗をかいていた。それでも、僕は学校へと走る。1秒でも早く、野球部の朝練に参加したかった。

「松尾！」

誰かが僕を呼んだ。

立ち止まると、路地から、同じ1年の佐藤が出てきた。

「なんで走ってんだよ？　まだ7時まで、だいぶ余裕があるだろ」

「そうなんだけどさ。少しでも早く学校に着けば、それだけ練習ができるから」

「でも、早く始めすぎないようにって注意されたろ？」

「でも、15分ぐらいなら……」

「ダメだよ。早すぎはダメなんだ」

佐藤は、そう言って笑った。

「だから、ふつうに歩いていこうぜ」

そう言って、佐藤はゆっくりと歩く。そこまで言われたら仕方がない。僕は走るのをあきらめ、佐藤と並んで学校に行くことにした。

一学期の期末テストが終わり、今日から野球部の朝練が再開する。

四月の終わりに、野球部は二週間の活動禁止処分を受けた。そして、それが解けてからも、野球部の練習は、放課後の2時間だけに限定され、朝練や昼練は禁止されたままだった。

それが、ようやく今日から朝も昼も練習ができるようになった。ただ、四月のころのように朝の5時半に集合することはできない。7時にユニフォームを着てグラウンドに集合。そこから約1時間だけの練習に限られていた。

こんなことになったのは、すべては僕の責任だ……。僕と僕の母さんのせいで、野球部のみんなにたいへんな迷惑をかけてしまった。

「今日から、放課後も6時まで練習できるんだろ？　昼練もあるし。一気に2時間以上練習時間が増えるってことだな」

佐藤がうれしそうに言った。

「ごめん。ホント、僕のせいで……」

「おい、そんな意味で言ったんじゃないって！」

「うん。でも……、やっぱり、みんなに申し訳がないから……」

「なあ、松尾。この前『これ以上、謝るな』って怒られたろ？　そんなに気にしなくていいんだよ。あれは、お前の責任じゃないんだから」

佐藤は少し改まった口調で言った。

野球部の騒動の責任を取って、僕は退部届を出した。でも、本当はやめたくなかった。悩んだ末に、もう一度、僕は野球部に戻る決心をした。もちろん、母さんを説得したうえでだ。勉強もちゃんとやる。そして、期末テストでは、約束通り、学年の10番以内を達成することができた。

ただ再入部してからも、僕はずっと申し訳ない気持ちを抱き続けた。たった2時間の練習。その原因が僕にあるのかと思うと、どうしてもみんなに謝りたくなってしまう。

「今度謝ったら、ぶっとばすぞ！」

そして、とうとう僕は、そんな風に小室さんから怒られてしまった。少し冗談っぽくしているけど、かなり本気な注意だった。申し訳ない気持ちをグッとこらえ、僕は謝るのをやめた。

校門を通り、校舎の角を曲がった。

グラウンドが見えた。もう先輩たちがキャッチボールを始めていた。

「もう始まってるよ！」

僕は少し焦った。時間を確認すると、６時45分。先輩たちは、きっと６時半ごろには集まっていたんだ。１年の僕たちが最後だったら絶対にマズい。

「佐藤、走ろう！ それで、明日からはもっと早く来よう！」

「落ち着け、松尾！」

走り出そうとする僕を、佐藤が止めた。

「よく見ろ。全員じゃない。何人かの先輩たちが早く来て、キャッチボールをしてるだけだ。集合は７時だ」

「でも、明日はきっと、もっと早く、みんなグラウンドに来ると思う。だから、僕たちももっと早く学校に来たほうが――」

「だから、それがダメなんだって！」

佐藤の声がちょっと大きくなった。

「そうやってだんだん学校に来る時間が早くなったら、また問題になるかもしれないだろ」

佐藤が、真剣な表情で僕を見ている。

「だから、少なくとも俺たちは、今ぐらいの時間に学校に着けばいいんだ」

そうか。そういうことか……。

佐藤の言いたいことが、やっとわかった。

なし崩し的に朝練の開始時間が早くなり、もし、それがまた問題になったら、再び朝練が禁止されてしまうかもしれない。

特に僕の母さんが危ない。僕の家を出る時間がどんどん早くなれば、また怒り出す可能性があった。佐藤は、それを心配しているんだ。

ひょっとして？

佐藤は僕に付き合ってくれているのだろうか？

みんなが早く来るようになったら、1年のくせに遅く来る僕は、気まずさを感じてしまうに違いない。だから、そうならないように、佐藤は、僕と一緒に登校しようとしているんじゃないだろうか。

「佐藤……。ありがとう」

「へっ？　なにが？」

「だって、僕に付き合ってくれてるんだろう？」

「なんのことだよ。さっぱりわかんないぞ」

そんな風に言って、佐藤はニコニコと笑った。

考えすぎなもんか。絶対にそうだ。

「まあ、いいや。でも、ありがとう」

もう一度お礼を言った。

何回も謝るなって怒られたけれど、お礼なら、何度言っても許されると思ったからだ。

〈イガラシ〉

朝はやっぱり気持ちがいい。そんなことを感じたのは、最初だけだった。

念入りな準備体操のあと、内野のノックを始めた。汗がすぐに噴き出してきた。

ノックの相手は慎二だ。俺は次々と厳しい球を浴びせた。

慎二の動きは軽快だった。でも、日本一を目指すチームのセカンドなら、もっとすばやく反応してもらわなくちゃ困る。もっと守備範囲が広くなくちゃ。

「まだまだぁ！　もっと集中しろ！」

そう慎二に喝を入れた。

「ウ、ウン」

そんな咳払いが、すぐ近くから聞こえた。

振り返って小室を見る。

「イガラシ、少し抑えろ。今日は朝練初日だぞ。見ろ、杉田先生が、スケッチしないで、俺たちをじっと見てる」

俺は、グラウンドの外れにあるベンチに目をやった。

杉田先生がベンチに座らず、腕組みをして俺たちの練習を見ている。先生がスケッチをしていないのも珍しいが、ベンチに座らず立ったままというのは、もっと珍しかった。

いきなり厳しくやりすぎたか。

先生は、俺たちのやり方に理解があるとはいえ、やっぱりお目つけ役。しばらくは抑えめの練習でいこう。

「それに、みんなの動きは悪くない。ハッキリ言って、この三年間で最高のレベルだと思うぞ」

「ああ、いい練習ができてるからな」

俺はグラウンドを眺めながら答えた。

たしかに、部員たちの野球に対する最近の姿勢は、素晴らしいものだった。

活動禁止は解除されたけれど、野球部の練習時間は大幅に制限された。

だから俺は、素振りやランニング、筋トレといった基礎的なトレーニングは、すべて個人の自主練習に任せた。そして、学校での部活では、守備を中心に、全員でなければできないものを集中してやった。

それで問題なかった。うまくいっている。

みんなが、自主的にきちんと基礎トレをしている証拠だ。そして、全体での練習は、濃密で効率的な練習をたっぷりやることができていた。

「部員を信頼する」とは、こういうことをいうのかもしれない。

押しつけの一方通行で、なにからなにまで指示をするのでなく、かなりの部分を個人の自主性に任せる。それで、今のようなしまった練習ができるのなら、ベストだと思う。

きっと、一人ひとりが、全国制覇という大きな目標を胸に刻んでいるからできることだ。

ただ、これで満足してはダメだ。

「でも、目指してるのは日本一だからな」

俺は、ノックをしながら小室に言う。

「わかってる。まだまだだって言いたいんだろ?」

小室が俺にボールを渡しながら言った。

その通り。

たしかに、俺たちは実力をつけている。相当、高いレベルに。全国制覇した和合中学と比べても、その差はわずかしかないかもしれない。


ただ、その「わずか」が問題なんだ。

全国大会で優勝するためには、その「わずか」と、しっかり向き合わなくてはいけない。


あと二週間ほどで一学期が終わる。そうしたらすぐに夏合宿だ。

勝負は、やはりそこだ。

もちろん、昨年やったような、朝から晩までの、ひたすら厳しい練習をすることはできない。

でも、これだけ意識の高いメンバーが揃っているんだ。短い時間でも、効率のいい、充実した練習ができるはずだ。

ワクワクしてくる。

「よーし、ラストォォ！」

そう叫んで打った球は力が入りすぎて、慎二の頭上を越えて、はるか外野まで飛んでいってしまった。

〈イガラシ〉

夏合宿が始まった。期間は五日間だけ。これが終われば、すぐに地区大会が始まり、それを勝ち抜けば全国大会ということになる。

「もうわかってると思うけど、イガラシ君、ケガのないよう気をつけてね」

そう杉田先生が言った。

「はい。大丈夫です」

「うん、どうやらそのようだね」

先生は笑顔でうなずいてくれた。

「イガラシ！」

丸井さんがグラウンドにやってきた。ジャージを着て、グローブを手にしている。コーチとして、俺たちの練習を見てくれるつもりのようだ。

「丸井さん、お久しぶりです」

「おう、元気そうだな。練習、手伝いに来たぞ」

「ありがとうございます。でも、高校のほうはいいんですか？」

丸井さんは、残念ながら谷口さんが進学した墨谷高校の受験に失敗し、朝日高校に進学していた。もちろん、朝日高校の野球部に入っているので、高校での練習をサボってきたんじゃないか、少し心配になった。

「大丈夫だ。ちゃんと許可は取ってきたから」

「えっ？　そうなんですか？」

「ああ。『合宿中だけ、全国を目指す後輩たちを手伝いたいんです』って頼んだんだ。ウチのキャプテンも快く認めてくれたよ」

「へー、よく許してくれましたね」

「その代わり、墨谷の優秀な選手を、朝日にスカウトしてこいって言われたけどな。つまり、今の墨谷ってのは、このへんじゃ一目おかれる存在なんだ」

「なるほど」

「ま、これも谷口さんのおかげだけどな。あの人が、今の墨谷野球部の基礎を作ったんだから。あと、それと……」

そう言って、丸井さんはニッコリと笑って俺を見た。

なんの笑顔だ？　なんで途中で、話をやめたんだ？

「谷口さんはすごい人だよな。それと……」

と丸井さんは再び言って、やっぱりそこで言葉を切った。

「それと……？　なんです？」

「そこは俺の名前を出すとこだろうが！　言わせるなよ。谷口さんが基礎を作って、俺が発展させたってことだ！」

「ああ、なるほど、そういうことですか！」

そう言って俺は笑った。心の中では「めんどくさい人だな」と苦笑いしながら……。

丸井さんが、話題を変えた。

「ところでさ、江田川中の井口のことを知っているか？」

「知ってます。選抜大会の一回戦でノーヒットノーランをやったらしいですね」

「ああ。俺は、一度、江田川中の練習試合を観たけど、ものすごい剛速球を井口は投げていたぞ。和合の中川と同じくらいだと思っていい」

俺たちが辞退した選抜大会で、墨谷二中に代わって出場したのは、青葉学院ではなく江田川中学だった。昨秋の大会で準優勝した実績が評価されたらしい。

その一回戦で、井口はノーヒットノーランを決めた。全国大会でノーヒットノーランを達成するのだから、その実力のほどがわかる。

もっとも、その江田川を2回戦で破ったのが和合中学だった。そして、そのまま和合は選抜大会の優勝まで駆け上がっていった。

「今の井口は、コントロールもばっちりだぞ。それが、メチャクチャに速いストレートと、高速スライダーでブンブン押してくるんだから、覚悟しておいたほうがいい。でも、まぁ、安心してくれ。俺が井口の球筋をじっくり見てきてやったからな」


〈近藤〉


「おい近藤、もう一球投げてくれ！　全力だぞ！」

バットを構えた丸井さんが言った。

もぉ、納得いかんわ。さっきから全力で投げてますって。

ズバン！

気持ちのいい音とともに、ボクの投げた球が小室さんのミットに吸い込まれていく。

「うーん、もうちょいかな？」

ちょっと首をかしげて、さらに10センチほど、丸井さんがボクに近づいてきた。

ウソでしょ？　信じられない。

昨年の夏合宿、先輩たちは、ボクの球を3メートルも近くから打って練習をした。それだけでもプライドが傷つけられたのに、今年はさらに丸井さんが近づいてくる。

昨年より、ボクの球速も、ずいぶん上がったはずなのに……。

なんでも、江田川の井口さんの球を再現するつもりらしい。

「あの、丸井さん、ホンマに井口さんのストレートは、そこまで速いんですか？」

「そうだ」

「ホンマやろか？　高校生でもないのに」

「うるさいな。お前は、気にするな。井口を攻略するための練習だ」

「気にするな言われましても、ボクにもプライドちゅーもんがですね――」

「いいから、黙ってろ！」

ボクと丸井さんの言い合いを見かねたのか、イガラシさんも横から口を出してくる。

「いいか、近藤。この練習は、井口の剛速球に目を慣らすためのものなんだよ。だから、実際の井口より速くていいんだ。このスピードに目が慣れ、バットが合わせられるようになれば、本物の井口の球だって余裕で打てるってことなんだから」

「そやけどイガラシさん、いくらなんでも、ここまで近くに立たれると、ボク、悲しいですわ」

「うるさいぞ、近藤！　黙って言われた通りにしろ！」

とうとう丸井さんに怒鳴られてしまった。

もぅ……。

〈慎二〉

「丸井さん！」

練習の合間の休憩。兄ちゃんがグラウンドにいないのを見計らって、僕は丸井さんに声をかけた。

「おお慎二、調子よさそうだな？」

「ありがとうございます」

そう言って、もう一度あたりを見まわす。兄ちゃんの姿はどこにも見えない。

「丸井さん、ホントにありがとうございました」

「いいってことよ。慎二はセカンドに向いてるぞ。ただ、ダブルプレーを狙うときは、もっともっとすばやく送球をしなくちゃダメだ」

「はい、気をつけます」

「全国レベルの相手だと、みんな足が速いからな。0.1秒でもすばやく投げるんだ。しかも正確にだぞ」

「はい、わかりました」

丸井さんは、さっきまでつきっきりで、僕にセカンドの守備のやり方を教えてくれた。ただ、僕が丸井さんにお礼を言ったのは、そのことではなかった。

「あの、兄ちゃんのこと……、ホントにありがとうございました」

「なにが?」

「あの……、この前、河川敷で、丸井さんがキャッチボールをしてるのを見ました。谷口さんと、兄と三人で、キャッチボールをしてたのを」

「ああ、あれ見てたのか。でも、ただキャッチボールしただけだぞ」

丸井さんは、そう言って笑った。

野球部が活動禁止になったあと、僕は、兄ちゃんが野球をやめてしまうのではないかと心配で、どうしていいかわからず、途方に暮れていた。

そんなある日、僕は、河川敷で兄ちゃんが、丸井さんと谷口さんの三人でキャッチボールをしているのを見かけた。

うれしかった。

たぶん、そのときの兄ちゃんは、十日以上ボールを触っていなかったはずだ。

僕もキャッチボールにまざりたかったけれど、ガマンすることにした。なにか邪魔をしてはいけないいような雰囲気がそこにはあった。

遠目には、ただボールを投げ合っていただけだ。でも、三人はボールを通していろいろなことを話しているように見えた。

墨谷野球部のキャプテンでなければわからない、大切ななにかを。

その日から兄ちゃんの様子に少し変化が生まれた。そして、それが、あのミーティングにつながったんだと思う。

兄ちゃんが帰ってきた、あのミーティングに……。

あの日のミーティング以降、兄ちゃんははっきりと変わった。四月まであった、どこか追い詰められているような雰囲気は、すっかりと消えてしまっていた。

「なあ慎二、ところでイガラシはどこにいるんだ？」

「いや、さっきまでここにいたんですけど、どこに行ったんでしょうね？」

僕はそう答えてグラウンドを見まわす。たしかに、兄ちゃんの姿は見当たらなかった。

まあ、いいか。休憩中だし。

それに、兄ちゃんは帰ってきたんだから。

丸井さんたちが、どんな魔法を使ったか知らないけれど、とにかく兄ちゃんはグラウンドに帰ってきたのだから。

〈イガラシ〉

あれ？　大西じゃないか？

バスケのユニフォームを着た女子が、体育館から少し離れた場所で、一人でうつむいてボンヤリとしている。

俺は、水分の補給がてら顔を洗いに来て、その女子を見つけた。

活動再開以降、野球部は、一定時間練習をしたら、休憩を入れて水分を補給するようにしていた。ケガや疲労は、できるだけ防がなくてはいけない。俺は、そのあたりのことを、専門家である近藤のお父さんからアドバイスを受けていた。

間違いない、大西だ。

泣いているように見える。

「大西！」

思わず、俺は声をかけた。大西は、俺に気づくと、慌てて目のあたりをグイッとぬぐった。

やはり泣いていたようだ。

「イガラシくん、どうしたの？」

「いや、そっちこそどうしたんだよ？　なにがあったんだ？」

大西はニコリと笑った。

「大丈夫、なんでもないから」

「そんなわけないだろ。話してみろよ」

「ちょっと練習のことで……」

「練習のこと？」

「うん。大会も近いし、もっとガンガン練習しなきゃダメだって怒られちゃって」

「誰に？」

「副キャプテンの野口さん。もっと野球部みたいな、厳しい練習をしなくちゃ大会で勝てるわけがないって言われて……、それで言い合いみたいになって……」

「いや、野球部のやり方を参考にしちゃダメだ。だから、活動禁止になったんだし」

「でも、もっと厳しくやりたいって人がいるのはたしかなんだ。わたしも意味はわかるし。ただ……。はぁ、わたし、キャプテンに向いてないんだよね」

「そんなことないって。大西は、俺なんかよりよっぽどいいキャプテンだよ！」

「ありがとう」

大西は寂しそうに笑った。

「難しいよね、キャプテンて……。どんなやり方しても、全員が満足してくれることなんてないし」

「ああ、難しいよな。でも、やり方は一つじゃないと思うんだ。俺、前はずっと、全国優勝をするには、このやり方しかないと思ってたけど……。なんていうか、他のやり方もあったんだなって……。最近、それがやっとわかってきた」

「うん」

「だから、俺、大西のやり方は間違ってないと思う。そりゃ、俺とは違うけど、俺は、なんていうか……その……」

俺は、本当に口下手だ。なんとか大西をはげましてやりたいが、そのやり方がわからない。ただ一つだけ、言えることがあった。

「俺はさぁ、大西のこと……、尊敬してるよ」

大西はニッコリと笑った。

「なあ、俺に、なんかできることあるか？」

「大丈夫。もうしてもらった」

……もう？

「今、話を聞いてもらった。それで十分」

その声は、もうふだんの大西に戻っていた。

大西は体育館に向かって歩き出した。

が、途中で立ち止まり、こちらに振り返った。

「ねえ、ホントにがんばってね！　絶対優勝だよ！　約束だよ！」

「わかった。お互い優勝だ。約束しよう！」

「うん、約束。優勝しよう！」

そう言って、大西が大きく手を振る。

俺も小さく手を振って、大西に応えた。

6th

イニング

〈イガラシ〉


夏の地区大会が始まった。俺にとって、中学最後の大会だ。

目標は全国制覇。負けた瞬間に、その夢は叶わないものになる。まずは、地区大会での優勝を果たそう。

1回戦の相手は金成中学だった。地区では強敵だが、俺たちが負ける相手ではない。


「イガラシ、ナイスピッチングだったぞ！」

スタンドから丸井さんの声が聞こえた。

試合後のあいさつを終え、ベンチに戻ってきたところだった。11対0。俺たちは、コールド勝ちで金成を破り、1回戦の突破を決めた。

「ああ、どうも」

そう答えて俺は、ペコリと頭を下げた。

「なんだよ、『ああ、どうも』って。あの金成にコールドで勝ったんだぞ！　もっとうれしそうにしろ！」

「いや、うれしいですよ、もちろん」

俺はあくまで冷静に答える。丸井さんいわく、金成中は、データを駆使した頭脳野球で、地区では要注意の相手ということだった。

もちろん、それは知っている。でも、俺が想定している敵は、もっとずっと強い。

「しかし、あれですねぇ。試合のほうが、練習よりよっぽどラクですねぇ」

ベンチに戻ると、近藤がケラケラと浮かれていた。

今日の先発は俺。俺は、外野には一本も打たせなかった。つまり、ライトの近藤の守備機会はゼロということだ。そりゃあ体力的にはラクだったろう。

「おい、近藤。浮かれるのはいいけど、次の試合はお前が先発だからな。気を引き締めろよ」

怖いのは自信からくる慢心だ。

だから、それだけは気をつけなければならない。

今回の地区大会で、俺たちにとって幸運なことが一つあった。それは、青葉学院と江田川中学が、準決勝でつぶし合ってくれることだ。

これはたいへんに有利だ。勝ち上がってきた相手とだけ、俺たちは決勝で戦えばいい。

2回戦、3回戦、準々決勝と俺たちは順調に勝ち上がった。ピッチャーは、俺と近藤が一試合ずつ交互に投げた。投球数も少ないし、俺たちのコンディションは最高の仕上がりだった。そして準決勝も快勝。俺たちは港南中学を10対0の大差で破り、決勝進出を決めた。

準決勝の第二試合、青葉学院対江田川中学の一戦は、井口の一人舞台だった。

「どうやら江田川が相手になりそうだな」

隣に座る久保が言った。

俺たちは、スタンドから観戦していた。試合は4対0で江田川がリードしたまま、最終回に突入していた。

「うん。今日の青葉じゃ、井口を攻略できそうにないな」

俺たちは、昨年、夏の大会では準決勝、秋の大会では決勝で、井口率いる江田川中と対戦した。そして、どちらも墨谷二中の勝利に終わった。

それは、井口が左バッターに対してコントロールが悪かったからだ。俺たちは、井口対策として俺の打順の前に左バッターを並べ、ランナーをためる作戦をとった。そして、俺自身も左打席に立ってヒットを打ち、得点を重ね、二試合とも江田川を撃破していた。

だが、その作戦は、もう通用しそうにない。

青葉も、井口対策として、左バッターをずらりと揃えていた。しかし、井口はまるで気にすることなく、ビシビシと左打者に対しストライクを投げ込んでいる。

「な？ 俺の言った通りだろ？ あいつはもう右も左も関係ない。とんでもないピッチャーに成長したんだ」

一緒に試合を観戦していた丸井さんが言った。

うん、たしかに井口の成長はすごい。でも、俺たちだって、夏合宿で井口対策の練習をしっかりとやった。

「しゃぁぁ！」

なんと言っているかわからないが、1球投げるごとに、井口の雄叫びが、スタンドまで届いてくる。ものすごい気迫だった。

7回裏、最終回の青葉の攻撃。ここまで、散発でヒットは出るものの、青葉はセカンドにすらランナーを送れていない。

カツッ！

少し鈍い音がして、内野フライが上がった。

井口が自ら捕り、これでツーアウト。いよいよ、あとアウト一つで試合終了だ。

と、井口がこちらを見た。一瞬、井口と目が合ったような気がした。

「ダメだ。決まりだ。井口の気迫に飲まれちまってる」

久保がつぶやくように言った。

同感だ。今の青葉に、井口を打てる雰囲気はまるでない。

井口はテンポよく投げ、ツーストライクになった。

また井口が、こちらに目を向けた。間違いない。井口は俺たちを意識している。

「シャーアッッッ!」

井口の雄叫びが聞こえ、渾身のストレートがキャッチャーのミットに飛び込んでいった。

3球三振で試合終了、4対0で江田川が決勝進出を決めた。

マウンドで井口が吠えている。そして体ごと俺たちのほうに向いた。

井口が見ているのは俺だった。

俺に対して、なにかを叫び続けている。なんと言っているのかはわからない。でも、気持ちは伝わってきた。

あいつは俺と戦いたいんだ。

望むところだ。俺は絶対に負けない。

〈井口〉


いよいよイガラシと戦うことができる。地区大会の決勝。

ベンチに向かう通路で、墨谷二中と出くわした。俺の目の前には、墨谷のキャプテンであるイガラシがいる。

「よう、久しぶりだな」

ほんのわずかな時間を使って、イガラシに声をかけた。

「井口、お前、ずいぶんコントロールがよくなったらしいな」

「当たり前だ。お前らのセコい作戦にやられたのが悔しくてな」

「どこがセコいんだよ？　相手の弱点を突くのも作戦のうちだろ？」

イガラシが涼しい顔で言う。

まったくイラつく奴だ。こいつは昔から俺に対して、ずっとこんな態度を取ってくる。

小学生のころを思い出す。俺は、イガラシと同じ少年野球チームに所属していた。まわりは、俺たちのことをライバルだと思っていたようだ。でも、俺はイガラシなんて相手にしていなかった。俺のほうが上だと、ずっと信じていた。もっとも、イガラシも自分が上だと思っていたようだが……。

納得できないけれど、まわりからみれば、イガラシのほうが少し上だったのかもしれない。なぜなら、重要な試合では、いつも監督はイガラシを先発に指名していたからだ。打順も、いつもイガラシが4番で、俺が5番だった。

悔しかった。でも、どこか俺は安心しているようなところがあった。イガラシの体が小さかったからだ。

きっと今だけだ。中学になれば、余裕で勝てる。進学した学校は別だったから、俺は、イガラシと試合で対戦し、叩きつぶすのを楽しみにしていた。

ところが……。

ここまで、俺は公式戦で一度もイガラシに勝っていない。

自信を持って臨んだ昨年の秋大会で負けて、ようやく俺は、イガラシに後れをとっていることを認めた。そして、心を入れ替え、コントロールの練習にはげんだ。

その成果はあった。春の選抜大会では、辞退した墨谷に代わって出場して、1回戦で俺はノーヒットノーランを決めた。

けれど、まだ、あまり満足できなかった。

2回戦で和合中に負けたからというのもある。だが、それ以上に、一度もイガラシに勝っていないという理由のほうが大きかった。

ようやく、最後の最後にイガラシと戦うことができる。

この試合は、俺の中学野球の総決算だ。こいつを倒して、俺は次のステップに進む。

「昨年のようにはいかないからな。覚悟しとけ」

準決勝では、あの青葉学院を完封で抑えたんだ。もう俺に死角はない。

「ああ、真正面から打ち崩してやるよ。俺たちだって、昨年から成長してるんだから」

イガラシは、相変わらず涼しげな表情をしている。

「おもしれえ、やれるもんならやってみろ」

お互い、もう完全に戦闘モードだ。

俺の中では、すでに試合は始まっていた。

〈イガラシ〉


先攻は、俺たち墨谷二中だ。俺は、攻撃の前に円陣を組んだ。

「いいか、俺たちは近藤の球を3メートル以上も近くから打ってきた。だから井口の速球だって打てるはずだ。ストレートに的を絞れ。追い込まれるまで、スライダーは捨てるんだ」

一番バッターの曽根が打席へと向かった。

「おい、イガラシ、気合いを入れていけよ！」

スタンドの最前席に陣取る丸井さんが声をかけてきた。

「大丈夫です。任せてください」

今日は、丸井さんをはじめ、谷口さんや卒業した先輩たちが応援に駆けつけてくれている。

見ていてください。きっと、勝ってみせます。

「よーし、曽根、じっくり見ていけよ！」

「大振りするな、きっちりミートしてけ！」

そんな声援を、俺たちはベンチから曽根に送る。

「プレイボール！」

審判の右手が上がった。

井口が振りかぶり、第1球を投げた。

ズバン！

ボールがミットに飛び込む音が、俺たちのベンチにまで響いてきた。すさまじい剛速球だ。

「井口の球、準決勝よりも速くねえか？」

隣で久保が言った。

「ああ、そんな気がするな」

井口は相当に気合いが入っている。俺たちに照準を合わせてきたということか。

「ストライク、バッターアウッ！」

曽根が三振をくらった。

井口は、速球もすごいが、それと同じくらい変化球もすごい。特に、今の高速スライダーは決め球で、準決勝の青葉は手も足も出ない状態だった。

想像以上に厳しい戦いになるかもしれない。でも、負けるわけにはいかない。

俺が手にしたいものは、もっとずっと先にあるのだから。

〈井口〉


「よーし、井口、打たせていこうぜ！」

2回の表、墨谷の攻撃。キャッチャーの福田が大声を出して言った。

バッターボックスに、イガラシがゆっくりと向かっている。

井口、打たせていこうぜ……か。

よく言うよ。打たせたら、ウチの守備が悪いのがバレるだろって。

ウチの最大の欠点は守備の弱さだ。

だから俺は、基本的に全部三振を狙っていく。そして、青葉の連中でさえ、俺の球をほとんど前に飛ばすことはできなかった。

だからこいつらにだって、俺は打たせはしない。

1回の墨谷の攻撃を、俺は三者凡退で終わらせてやった。

ただ、全員三振というわけにはいかなかった。3番の久保にピッチャーフライを打たれた。三振だった奴らも、全部空振りだったというわけではない。ファールで粘り、なんとか塁に出ようとがんばっていた。つまり、俺の球をファールする程度にはバットに当てられるということだ。

イガラシが指導しているだけのことはある。イガラシだけを警戒すればいいかと思っていたけれど、そういうわけにはいかないようだ。

そして、2回の表。バッターボックスにはそのイガラシがいる。

第1球、まずは全力のストレートで様子を見る。

ガキン！

イガラシが思い切りバットを振り抜き、打球はレフト方向に飛んでいった。

うわっ、マジか!?　俺は振り返り、打球の行方を追う。ボールは、レフトのファールスタンドに飛び込んでいった。ほんの少しコースがずれていたら、ホームランになっていた。

ふぅ、危ねえ。あんな小さな体でも、イガラシはやっぱりあなどれない。パンチ力がある。

第2球、俺はボール球で様子を見た。イガラシは手を出してこなかった。うん、やっぱり選球眼もいいようだ。

次はカーブでストライクだ。

イガラシがバットを振った。

今度はライト線に鋭い打球が飛んでいく。ウソだろ!?

ぎりぎりでファールになった。もしフェアだったら、確実に二塁打、いやうちの守備のまずさを考えに入れると、三塁打になっていたかもしれない。

なるほど……。たしかに、この1年でイガラシも、相当成長したようだ。

でも、カウントはワンボール、ツーストライク。結果的に俺は、イガラシを追い込んでいる。

そして俺には自信があった。

俺の決め球である高速スライダーを打てる奴はいない。

振りかぶり、全力でスライダーを投げ込む。

カチッ!

イガラシがなんとかバットに当て、打球はファールになった。

マジか? ……当てやがった。

どうなってんだ?

青葉の連中だって、俺のスライダーには手も足も出なかったというのに……。

5球目、6球目、7球目と、俺はストライクぎりぎりのコースを突きながら、カーブやスライダーを織り交ぜて投げ続けた。

そして、わかったことがある。

悔しいが、イガラシは、俺のスライダー以外の球ならヒットを打つ。そして、唯一通用するスライダーも、なんとかカットしてファールを打つ。三振をとることができない。

「井口、どうする？」

キャッチャーの福田が、タイムを取ってマウンドまでやってきた。

「どうする？　って、なにがだ？」

「敬遠でファーストに歩かせる手もあるぞ」

「はぁ、敬遠!?　お前、俺をバカにしてんのか？」

福田が少しひるんだ表情をした。

「いや、そういうわけじゃないけど。スライダー以外の球は、あのイガラシは打ってくるぞ。さっきのファール見たろ？　ホームランだってある」

俺は舌打ちをして考える。たしかに、決め球のスライダーをカットされる以上、イガラシに打たれる可能性はかなりある。ホームランなら一点だ。だが、イガラシ以外の奴なら、俺は抑える自信があった。

「わかったよ！　敬遠はしねーけど、フォアボールで出塁されてもいいように投げるよ！」

「悪いな、そのほうがいいと思う」

福田が、俺の機嫌をうかがうような表情をしている。

ちぇ、同い年なんだから、そんなに俺に気を使うなって。かえってイライラしちまうよ。


〈イガラシ〉


「いいぞ、イガラシ！　ナイス選球眼！」

スタンドから丸井さんの声が響いた。

なんか、今のは敬遠っぽかったな。

俺は、ファーストに走りながら、そんなことを考えていた。

うっかり俺が手を出して凡退してくれればよし。もし、手を出さなくてフォアボールになったとしても、それは仕方がないという投球だった。

それだけ俺を警戒しているということか。だが、それはまるで井口らしくない。

井口はサウスポーだから、ファーストベース上から表情がよく見える。

悔しそうな顔で俺を見ている。個人的には勝負したかったが、チームの勝利を考えて俺との戦いを避(さ)けたということか。

なるほど、井口も大人になったんだな。

勝つためには正しい判断だと思う。俺は、スライダー以外の球なら打つ自信があった。

だが、他の連中はどうだろう？　あの決め球の高速スライダーをカットできない限り、井口を打ち崩(くず)すことは容易ではないはずだ。

つまり、そうカンタンに井口から点は取れない。ここは確実に1点を取りにいこう。

俺は、5番バッターの近藤に、初球、送りバントのサインを出した。


〈近藤〉


「近藤ォォ！」

スタンドから丸井さんの大声が聞こえた。メッチャ丸井さんの声はよく通る。

なんやの？

ボクは、丸井さんをチラリと見た。すると、丸井さんは、なんか必死に目で合図している。

その視線の先を追うと、ファーストベースにいるイガラシさんに行き当たった。

ああ、そういうことか。

イガラシさんがサインを出しているんだ。

ボクはイガラシさんをじっと見る。イガラシさんは、さりげなくベルトのあたりを触ってから、鼻の頭を少しこすった。

さて、あれはなんのサインだったっけ？

しばらく考えたが、よく思い出せない。まあ、でもボクに「打て」以外のサインなんて出ないやろ。よし、期待に応えて、思い切りひっぱたいたろ。

ボクはバットを構え、マウンドの井口さんを見る。

だいたい、この人、ボクより球が速いというのが納得いかん。しかも、変化球までたくさん持ってる。ボクもやっぱり、変化球の練習をしとけばよかったかな。

第1球目。

来た！　ボクは思い切りバットを振った。

ブン！　まるで手ごたえがない。空振りしてしまった。

うわっ、イガラシさんが走っている。なんか、サインが出てたんか！　マズい。もしイガラシさんがアウトになったら、絶対に丸井さんにマジ切れされる。

「セーフ！」

セカンド塁審の声が聞こえた。

よかった。なんとかセーフになった。キャッチャーの送球が、少し遅れたおかげだ。

でも、あとで怒られるなぁ。なんて言い訳しよ？


〈イガラシ〉


「タイム！」

俺は、審判にタイムを告げて、近藤のもとへと走った。結果オーライで盗塁になったけれど、サインの見落としは許すことができない。

「近藤、お前、サインを見てたよな？」

「すいません、イガラシさん。えっと『打て』のサインですよね？」

「違う！　送りバントだ！」

「あらま、そうでしたん？　ボクはてっきり……」

口調とはうらはらに、近藤はあまり気にしている様子はない。

「でも、ボク打てますよ。だから、任せてください」

近藤はケロリとした顔で言った。

いや、空振りしたじゃないか――と言おうとして、なんとか言葉を飲み込んだ。今はそんな議論をしてる場合じゃない。

「じゃあ、次はヒットエンドランでいこう。必ずバットに当てろ。いいな、大振りするなよ」

「はい、任せといてください！」

それだけ言って、セカンドに戻る。そして、走りながらため息をついた。まったく、大事な試合だっていうのに……。

でも、ラッキーとはいえ、ノーアウト二塁になった。近藤はある意味「意外性の男」だ。打たせてみるのもいいのかもしれない。

セカンドに戻り近藤を見る。頼むぞ。大振りせずに、確実にミートしてくれよ。

井口がセットポジションの体勢になり、2球目を投げた。

よし、ストライクだ！　俺は近藤が打つと信じて走り出した。が、近藤はまたしても空振りしてしまった。俺は、必死にサードへと走る。

「セーフ!」

助かった。キャッチャーの送球が少しそれてくれた。

どうやら、江田川中の守備はたいしたことない。

ムリもない。井口のようなすごいピッチャーがいたら、試合でそうそうボールは飛んでこないのだから。

「近藤ぉ! 確実にミートしろ! バカ野郎!」

丸井さんのよく通る声がスタンドから聞こえた。俺の代わりに近藤を叱ってくれたようだ。

近藤が首をすくめている。

今の丸井さんの言葉で、心を入れ替えてくれればいいけれど……。まあ、ムリかな。本質的な性格ってのは、なかなか変わらないものだ。あいつの「お山の大将」的な性格をうまく使っていくのも、キャプテンの仕事のうちということか。

「ストライク、バッターアウト!」

近藤が三振した。決め球はやはり高速スライダーだった。

あれを投げられたら、おしまいだ。あの近藤が、バットにカスらせることもできないのだから、やはり他の連中はもっと打てる可能性が低い。

6番バッターの小室が打席に入った。

さて……と考える。

小室はミートがうまい。だが、さすがに井口の球をヒットできるかどうかは賭けだ。むしろ、あいつは小技も器用にこなす。スクイズでいこう。それも初球だ。もしスライダーがくればバントすら難しいけれど、初球からは投げてこないだろう。

俺は、さりげなく帽子をかぶり直してから、ユニフォームについた泥をはらった。これがスクイズのサインだった。

小室としっかりアイコンタクトができた。近藤と違って、こういう場面では、小室のようなしっかりした奴は安心できる。


1球目、俺はいきなりホームベースへと走った。小室がバントの体勢になる。

よし、ストライクだ。決まった！

小室のバントは少し強かった。本塁で刺されるかもしれない。俺は必死で走った。

井口も、ファースト寄りに転がったボールを必死で追う。が、ファーストの選手と激突して倒れた。俺は、余裕を持ってホームに滑り込むことができた。

墨谷が先制点を奪った。

「ふざけんなよ！」

井口の怒鳴り声が聞こえた。

見ると、井口がぶつかったファーストの選手を、ものすごい勢いで怒鳴っている。

まぁ、気持ちはわかる。左利きの井口が素手で処理すれば、アウトにできたかもしれないボールだった。

キャッチャーの送球もそうだったけれど、どうやら江田川の守備は、思っていた以上にお粗末なようだ。この守備じゃ、さすがに井口が気の毒になる。

〈**井口**〉

あー、やってらんねえ。

ヒットは一本も打たれてないってのに、なんで点を取られてんだよ。

やっぱ、イガラシを敬遠するんじゃなかったか？

いや、あいつは俺の球が見えていた。デカいのを打たれるよりは、フォアボールのほうがまだマシだ。それより、カンタンに盗塁させる俺たちの守備がダメなんだ。

「井口、カッカするな。まだ一点だ」

キャッチャーの福田がやってきて言った。

「よく、そんなことが言えるな。お前がカンタンに盗塁させるのが悪いんだろうよ！」

「……悪かった」

いや、そんなすぐに謝るなっての。

少しは言い返してこいよ！

「もう、こっち来なくていいから、戻れよ。逆転すりゃあいいんだ」

そう言って福田を追い返した。

打って逆転すればいい。守備はヘタだが、ウチの連中は、バッティングならかなりのものだ。

俺はぐるりと内野を見まわす。

ふつう点を取られたら、内野が集まってくるもんなんじゃねえのか？

まぁ、来たら来たで、追い返すんだけど……。

俺は墨谷のベンチを見る。イガラシが楽しそうに仲間たちと話をしている。

ちぇっ、俺も仲間に恵まれたかったたな。

少しイガラシがうらやましくなった。

〈**イガラシ**〉

「おい、イガラシ、大丈夫か？」

スリーアウト目を三振にとって、ベンチに戻ると、久保が声をかけてきた。

「ああ、大丈夫だ」

「そうか。今日は、けっこう暑いし、疲れが出てるのかと思ってな」

「いや、まだ大丈夫だ」

いよいよ7回の表、最終回の攻撃だ。

得点は1対0のまま、墨谷がリードしている。

もちろん、かなり疲れてはいる。だが、昨年の青葉との死闘に比べれば、これくらいは、たいしたことない。

「イガラシさん、ボク、いつでも投げられますから」

近藤が声をかけてきた。本気で投げたくてウズウズしているようだった。

「近藤、そういうのはキャプテンが決めるんだ。アピールしたってダメだ」

俺に代わって、久保が近藤に言った。

「そんなぁ。じゃあ、久保さんかて副キャプテンなんやし、久保さんからイガラシさんに言うてくださいよ。近藤でいきましょうって」

「いや、俺が決めていいんだったら、絶対にお前には投げさせない」

久保がキッパリと言った。

ベンチのみんなが笑い出す。チームの雰囲気はいい。みんな前向きで、集中力もある。

そして、俺は、あることがずっと気になっていた。

江田川の雰囲気がよくない。

ベンチの中で会話はないし、激励の声も、井口以外からは出ていないみたいだ。井口一人が、チームから浮いているようにさえ見える。

井口のワンマンチームだからな……。

俺はそう思った。でも、考えてみると、俺だってかなりワンマンなキャプテンのはずだ。江田川と墨谷、どこに違いがあるのだろう？

それはきっと、仲間たちに、チームメイトにあるんだろうな。

「なんだよ、人の顔をじっと見て。どうした？」

久保が言った。どうやら俺は、久保の顔を見ながら考え込んでいたようだった。

「いや、久保や、みんなのおかげだなと思ってさ」

「なにが？」

「チームの雰囲気がいいのが、さ。江田川とだいぶ違うだろ。俺も井口もワンマンなのに、この違いはなんだろうって考えたらさ……」

久保がクスクスと笑い出した。

「イガラシ、お前、わかってないな。俺じゃねえ。お前だよ。墨谷と江田川の違いは、そのままイガラシと井口の違いってことだ」

「どういうことだ？」

「今度説明してやるよ。さあ、試合に集中しようぜ」

久保が立ちあがり、バットを持った。久保の打順が近づいていた。久保は3番。つまり、4

番の俺の打順も近づいている。

よし、試合に集中しよう。

1点でも2点でも追加して、なんとか最後の守備をラクにしよう。

＊

久保がバッターボックスに立っている。

そして、ネクストバッターズサークルから、俺は久保の打撃を見守っていた。

初球、久保が井口の高速スライダーに手を出し、バットに当てた。いや、当てたどころじゃない。一塁線にファールを打った。

え？

まさか。信じられない。俺だってカットするのがやっとの球だというのに。

久保が振り返り、ニヤリと笑った。

「タイム！」

タイムを取り、俺のところに走ってきた。

「時間がない。カンタンに言うぞ。井口がスライダーを投げるときのクセがわかった。ずっと注意してたんだ。スライダーのときは、握りにチラッと目をやって確認する。ほんの一瞬だけどな」

俺の近くにやってくるなり、久保はそう早口で言った。

「ホントか？」

「間違いない！　俺は塁に出る。あとは頼んだぞ」

「よくやった！　それでこそ、墨谷の３番バッターだ」

「へへ。イガラシにほめられるなんて、ちょっと照れるな」

久保は笑ってそう言うと、すぐにバッターボックスへと戻っていった。

もし、スライダーが来ることがあらかじめわかるのなら、それはすごいことだ。

せっかく久保が見破ってくれたんだ。

俺は、あの決め球、高速スライダーを打ってやろうと決めた。

「よし、久保！　落ち着いていけ！」

ネクストバッターズサークルのイガラシの声が、ひときわ大きくなっている。

2球目もスライダーだった。きっと今のスライダーを見て、井口のクセをイガラシも確認したのだろう。

さてと……。俺はバットを構え、井口を見る。

やはり、あのすごいスライダーは、わかっていてもヒットするのは難しそうだ。ただ、わかっていれば、ヒットにはできないまでも、カットしてファールにすることはできる。ファールで粘って、他の球種が来るのを待とう。

カツン。

またスライダーだ。なんとかファールすることができた。試合も大詰め。ここに来て、井口はムキになりスライダーを連投してきている。

江田川のキャッチャーが立ちあがり、井口に駆け寄っていった。決め球が決め球にならないんだ。他の組み立てを相談に行ったんだろう。

もっとも井口の対応は素っ気ない。たしかにワンマンなキャプテンだな。

「いいぞ、久保！　その調子だ！」

イガラシの声が聞こえてきた。俺はバッターボックスで笑顔になる。


墨谷と江田川の違(ちが)いか……。

それは、イガラシと井口の違いだ。

たしかに、イガラシも井口も、実力でチームを引っ張るタイプのキャプテンだろう。

でも、イガラシは違うんだ。

井口は、きっとチーム内で浮(う)いている。キャッチャーも、他のメンバーも、井口を怒(おこ)らせないように、ビクビクしながら野球をやっているみたいだ。

井口は、仲間に支えられていない。

イガラシは違う。

怖(こわ)がられるんじゃなくて、尊敬されている。

俺たちから、仲間から、イガラシは支えられている。

それはな、イガラシ。

お前がすごい奴だからだ。
お前は厳しすぎるキャプテンだけど、誰よりも、いちばん、自分に厳しいよな。
だから、俺たちは、お前についていきたくなるんだ。
お前がすごい奴だから、応援したくなるんだ。
お前を支えなきゃ、って思うんだ。

江田川のキャッチャーが戻ってきて、プレイがかかった。井口が振りかぶった。
握りを確認しなかった。
よし、次の球はスライダーじゃない。
井口はかなり熱くなっている。力づくのストレートで押してくる。
ストレートのタイミングでバットを振った。
ドンピシャだ！
ボールはライト前へと飛んでいった。やったぞ。イガラシの前に出塁できた。
頼むぞ、イガラシ！

〈井口〉


「井口、どうする？」

福田がまたマウンドにやってきた。イガラシを敬遠するかどうかを確認したいようだ。

この試合ずっと、俺は、イガラシを敬遠気味のフォアボールで歩かせていた。ヘタに打たれて、ウチの守備がマズいことを悟らせたくないし、他の奴らなら抑える自信があったからだ。

でも……。

「福田、ここはイガラシと勝負させてもらうぞ」

「えっ？」

「俺は、あいつと一度も勝負をしないで、勝ちたくも負けたくもねえんだ」

「気持ちはわかるけど、なにもこんな土壇場で……。次の近藤は当たってないんだ。イガラシは敬遠したほうがいいって」

負けたら元も子もない。そんなことはわかっている。

でも、俺はイガラシに勝つためにずっと厳しい練習をしてきたんだ。直接対決で、どうしても叩きのめしたい。

けれど……。

俺はキャプテンだ。チームのことを、優勝することを考えたら、やっぱりここは、イガラシを敬遠すべきなのか……。

俺は答えが出せず、うつむいた。


「わかった、井口。勝負しよう」


福田の声が聞こえた。

顔を上げると、福田が俺を見て笑っていた。

「考えてみると、お前がいたからこそ、俺たちは決勝まで来られたんだ。足を引っ張って、悪かったな。最後ぐらい、好きに投げてくれ。思いっ切り投げてくれ。その代わり、イガラシを絶対に打ち取れよ」

「福田……」

「大丈夫。お前に任せた。お前の球なら、絶対に打たれないから」

そう言って福田は自分のポジションへと戻っていった。

「福田！」

俺は、そう声をかけたが、福田には聞こえなかったようだ。

「ありがとな」

聞こえなくてもかまわない。

そう福田の背中に言った。

バッターボックスに立つイガラシを見る。

よし、勝負だ。

イガラシ、俺の全力で、必ずお前から三振をとってやる！


〈イガラシ〉


井口の気迫を感じる。さっきまでと様子がぜんぜん違う。

セットポジションの体勢から、井口が第1球を投げた。

ズバーン！

うなりをあげて、ボールがキャッチャーのミットに飛び込んできた。

なるほど、勝負するということか。

「イガラシ、頼むぞぉ！」

スタンドから丸井さんの大声が聞こえる。

はい、任せてください。

心の中でそう答えた。井口が勝負してくる。ならば俺は打つ。

なにがなんでも打ってみせる。

第2球。外角低めにカーブ。ボールになった。

あやうく手を出すところだった。さすがだ。勝負をかけてくるだけあって、いい球を投げるな。ストライクコースぎりぎりから、ボールになるようにコントロールされていた。もし、手を出していたら凡退していたはずだ。

ワンボール、ワンストライクからの3球目。

井口がチラリと握りを確認した。よし、スライダーだ！

俺は、思い切りバットを振った。

しまった！　打ち損じた！

しかし、打球は、なんとかファールスタンドに飛び込んでくれた。
すごい変化だった。スライダーとわかっていたのに、この俺が打ち損じるなんて……。
また井口が握りを確認した。もう１球、スライダーだ。

来い！　同じ球を二度もミスしてたまるか！
見てろよ、久保。お前の期待に、俺は応えてみせるぞ。

俺は思い切りバットを振り抜いた。
キーーン！
ボールは右中間を破り、外野のいちばん深いところへと飛んでいった。

〈**井口**〉

また福田がマウンドへとやってきた。

が、表情が妙に硬い。

「福田、悪かったな。打たれちまった」

俺のほうから声をかけた。

なぜだか笑顔になっている自覚があった。

「いや、真っ向勝負したんだから、仕方ないよ。井口、次の近藤は抑えていくぞ」

福田も笑顔で答える。

不思議だな。この土壇場で追加点を取られたというのに、どうして俺はスッキリとしているんだろう？

イガラシと真っ向勝負をしたからだろうか。

それだけだろうか。

俺は振り返り、セカンドベース上のイガラシをチラリと見る。

負けたよ、イガラシ。個人的にはな。

でも、俺が負けても、江田川が負けたわけじゃない。まだ、最後の攻撃が残っている。

だから俺は、チームのために、全力で投げよう。

〈イガラシ〉


7回の裏、最終回の江田川の攻撃。俺は、先頭バッターをヒットで塁に出してしまった。

まずいな。変化球のキレが悪くなっている。

「大丈夫か、イガラシ？　近藤に代わるか？」

小室がマウンドまでやってきて言った。

「うーん、どうするかな」

そう答えて俺は考える。

本来のローテーションなら、今日は近藤が先発の予定だった。ただ、俺は、近藤を江田川に投げさせるのは不安があった。それは、井口と近藤が、似たタイプの速球派投手だからだ。

江田川の連中は、ふだん井口のボールを打って、打撃練習をしている。だから、似たタイプの近藤は、攻略されやすいかもしれない。そこで俺が先発して、変化球を中心に緩急を使ったピッチングをして、ここまで江田川打線をかわしてきた。

でも、ここへ来て俺の変化球のキレはガクッと落ちてしまった。

「よし、近藤に投げさせよう。ピッチャー交代だ！」

俺は、そう決断した。

近藤は、まだ力が有り余っている。俺の変化球に目が慣れた江田川の打線には、近藤の剛速球は有効かもしれない。

近藤が、飛び跳ねるようにライトからマウンドへとやってきた。

「いやぁ、やっと出番が回ってきましたか！　任せてください！　優勝投手はボクが務めさせていただきます！」

「浮かれるな！　いいか、江田川のバッターは井口の球で練習してるんだぞ。ストレートには強いはずだ。ど真ん中だけは投げるな。低めをていねいに突けよ」

「はいな！　任せといてください！」

近藤は、あくまで陽気だった。うーん、なんだかちょっと不安になってきた。


〈近藤〉

あーよかった。いいトコないまま試合が終わってしまうのかと思った。

今日の試合、ボクは三振ばかりだった。あの井口という人のスライダーは、ありえないほどすごい球だった。やっぱりボクも、変化球の練習をしよっかな。

「いいか、近藤、とにかく低めに投げろよ」

キャッチャーの小室さんが言った。

はいはい、わかってますって。

ノーアウト、ランナー一塁か。

ランナーがいるのが気に入らんけど、ここから全員三振でいったろ。

それ！

ガキン！

えっ？

カンタンに打たれた。センター前のヒット。ランナー一塁、二塁になってしまった。

なんで？ 今日のボク、ぜんぜん疲れてないし、メッチャ気合いが入ってるのに……。

いやいや、きっとこれは出会いがしらちゅーヤツや。

次のバッターを抑えよ。それ！

キン！

また打たれた。今度は右中間の深いところにボールが転がっていく。

アカン！　点を取られる。

いや、それどころか、同点にされてしまうわ！


〈イガラシ〉


1点を返され、2対1になった。そして、ファーストランナーまで、一気にホームを狙っている。

「慎二、バックホームだ！」

俺はセカンドの慎二に叫ぶ。よし、タイミング的にはホームで刺せる。

と、サードを回ったランナーが、俺たちの連係プレーを見て止まった。三塁に戻ってくる。

「小室、こっちだ！」

キャッチャーの小室が、受けた球をすぐ俺に転送する。クロスプレーになった。

「セーフ！」

おしかった。あと少しでアウトがとれたのに……。

「タイム！」

俺はタイムを取り、マウンドへと向かう。他の内野の連中も集まってきた。

俺の判断は完全に間違っていた。近藤は連打を浴びて１点を取られてしまった。まだノーアウトで、ランナーが三塁と二塁にいる。２対１。１点リードしているが、大ピンチだ。

「イガラシ、どうする？　お前のほうがいいかもしれんぞ」

俺の顔を見て、小室がすぐに言った。

「やっぱり江田川はストレートには強い。多少キレが悪くても、イガラシの変化球のほうがいいと思う」

「いやいや、ちょっと待ってくださいよ！　ボク、大丈夫ですから！」

近藤が強引に割り込んできた。

交代したばかりで、すぐまた交代というのは、さすがに近藤にとってはおもしろくないだろう。だが、これは決勝戦。甘いことは言ってられない。

「セットポジションちゅーのが、ちょっと投げにくかっただけで、もう絶対に打たせませんから！」

ん？　セットポジション？

「おい、近藤、じゃあ次のバッターを敬遠して満塁にしろ。そこから、ワインドアップで投げて抑えるんだ」

そう近藤に言った。すべての塁をランナーで埋めてしまえば、振りかぶって投げるワインドアップで投げたからといって盗塁することはできない。

そして、たしかに近藤は、ワインドアップのときは球速が上がる。それならば、抑えられるのではないか。

ところが、近藤の表情が渋く変わった。

「いやいや、敬遠はできませんわ」

「……なんで？」

「だって、セコいやないですか」

「なにがセコいんだよ！　敬遠だって立派な作戦だろうよ！」

小室が大声を出した。

〈**小室**〉

「落ち着け、小室！」

イガラシが大きな声で言った。

「だってイガラシ！　このバカが！」

「とにかく落ち着け！　キャッチャーがカッカとしてどうする！」

たしかにそうだ。俺は深呼吸をした。

イガラシが近藤に向き直る。

「近藤、そんなに敬遠するのはイヤか？」

「……イヤですね」

近藤は、小さいけれど断固とした口調で言った。まったく、かわいげのない奴だ。

「じゃあ、俺が投げるよ」

「いや、それもあきません！　ボクが抑えてみせます！」

「勘違いするな。俺がワンポイントで投げて、次のバッターを敬遠してやると言ってるんだ。それがすんだら、またお前をマウンドに戻してやる」

「ホンマですか！」

近藤はうれしそうにしている。が、俺は納得いかない。

「おい、ちょっと待て。イガラシ、それは違うだろ！」

「いいんだ！」

イガラシが大声で俺を制した。

「時間がない。俺の指示に従ってくれ。近藤、お前はサードに入れ！」

そう指示を出すと、イガラシは、主審に交代を告げるため歩き出した。俺は、イガラシと並んで歩く。

「いいか、近藤のポテンシャルの高さは、お前だって知ってるだろう。あいつは、ああいう性格だ。気分よく投げさせれば、とんでもない力を発揮するんだ！」

「そりゃあ、わかるけどよ……」

「だったら、俺の判断も当然わかるだろ」

「……わかった」

議論をしている時間はない。俺はイガラシに従うことにした。

「小室、近藤とバッテリーを組んでいるお前が、あいつをうまくリードできないようでは、お前こそ失格だぞ。すぐに近藤はマウンドに戻ってくる。頼(たの)むぞ」

「ああ」

そう答えるよりほかない。そりゃ、そうだけど……。こんなワガママ許していいのかよ。

＊

フワリとした球をイガラシが投げた。あきらかに敬遠だとわかるボールだ。

「わざわざ交代して敬遠かよ」

江田川のバッターが、俺の顔を見て言った。

「こっちにも事情があるんだ」

俺は、イガラシにボールを返しながら答える。

俺は、近藤のワガママに腹が立っていた。いくら敬遠がイヤだからって、それを人に代わってもらうなんて。それも上級生に、キャプテンに代わってもらうなんて……。

イガラシだって、腹が立たないわけないだろうに……。

でも……、これがイガラシのすごさなんだ。

イガラシは〝試合に勝つ〟ための最善の手段をとっているんだ。

近藤のような問題児の力を見極め、それを引き出すためなら、なんでもやる。自分のプライドだって捨てる。〝試合に勝つ〟という目的のほうを優先するんだ。

つくづくイガラシってすごい奴だ。

そして俺は、そんなイガラシにほれ込んでいるんだ。だから、あいつの指示なら、ムチャでもなんでも俺は受け入れる。

「フォアボール！」

イガラシが四つ続けてボールを投げ、主審がフォアボールを宣言した。そして、すぐにまた選手交代を告げるべく、イガラシがこちらに走ってくる。

もうイガラシは俺になにも言わない。

でも、その目で、なにを言っているかはわかる。

任せておけ。

キッチリ近藤をリードしてやる。

〈**イガラシ**〉

やっぱり近藤は気持ちで投げるタイプだ。

満塁になったおかげで、近藤は気持ちよくワインドアップからどんどん投げ込み、たちまち二人を三振にきってとった。

「どうです、イガラシさん、ボクのホンマのピッチング？」

マウンド上から浮かれた近藤が声をかけてくる。

「試合に集中しろ！　まだ、満塁なんだ！」

まったく、一打サヨナラの大ピンチだというのに……。

でも、だからこその安心感がある。

「いいぞ、近藤。その調子だ」

小室が近藤に声をかけている。

そうだよ、小室。

調子に乗ったときの近藤は、すごい力を出すんだ。いいリードだ。

「ストライク、バッターアウッ！」

最後のストレートも、すごいスピードだった。

「よっしゃぁぁ！　優勝だ！」

スタンドから丸井さんの声が響(ひび)いた。

みんながマウンドに集まり、優勝を喜び合っている。

俺は、少し遅(おく)れて、その輪に加わった。

もちろん地区大会の優勝がうれしくないわけがない。ただ、昨年と同じ失敗をするわけにはいかない。

ここは単なる通過点。全国大会では、もっと厳しい戦いが待っている。

明日から、またいつもの練習に戻(もど)ろう。

7th

イニング

〈イガラシ〉

地区大会の優勝を決めた俺たちは、全国大会に向けて、二泊三日のミニ合宿を学校でやることになった。

この合宿の実現には、杉田先生がずいぶんがんばってくれたらしい。

「先生、ありがとうございました。ムリなお願いを聞いてもらい、ホントに助かります」

合宿が始まる前、俺は、杉田先生に、そうお礼を言った。

「いやいや、思ったよりすんなりいったよ。なにしろ全国大会出場だからね。校長だって、多少の融通はしてくれるさ。つまり、キミたち野球部の活動がきちんと評価されたということだ。だからほら、松尾君のお母さんだって、こんな急な合宿を認めて、息子さんを参加させてくれたんだ」

杉田先生は、笑顔でそんな風に言ってくれた。

全国大会に出場できることはもちろんうれしい。

でも、それと同じくらい学校や部員たちの保護者から、野球部が評価されたことが、俺はうれしかった。

＊

　練習を始めてすぐ、グローブを手にした谷口さんと丸井さんがグラウンドにやってきた。

「イガラシ、合宿の応援に来たぞ！　なんでも手伝うから、どんどん言ってくれ！」

　丸井さんが笑顔で言ってくれた。

「ありがとうございます！　それに谷口さんまで！」

「ウン、僕たちの夏の予選は終わっちゃったから、しばらくの間は時間があるんだ。ホントに遠慮なくなんでも言ってよ」

　そう言って谷口さんはニコニコとしている。

　谷口さんが進学した墨谷高校は決して野球が強いところではない。そんな中で谷口さんは、甲子園を目指してがんばっている。今年の夏の予選は負けてしまったけれど、例年になく墨谷高校はトーナメントの上のほうまで勝ち上がっていた。

「ありがとうございます！　よろしくお願いします！」

　そう二人にお礼を言ったとき、もう一人、大柄な男がグローブを持って、グラウンドに向かってくるのが見えた。

誰だろうと思っていると、それは江田川中の井口だった。

「井口？　どうした!?」

「よう、イガラシ！　合宿をやるって聞いたから、手伝いに来てやったぞ。バッティングピッチャーを、やらせてもらおうかと思ってな。どうだ？　俺の球を打てば、いい練習になると思うぞ」

驚いて言葉が出なかった。

まさか井口が来てくれるとは、想像もしていなかった。

「……迷惑だったか？」

「いや、そんなことない！　もちろん大歓迎だよ！　ありがとう！」

俺は慌ててそう言って、無意識に手を差し出していた。

ごく自然に俺たちは握手をした。

会いに来てくれただけでもうれしいのに、練習の手伝いまでしてくれるという。これは助かる。井口は、間違いなく全国レベルの投手。その球でフリーバッティングができるのだから、これほど心強いことはない。

よし、さっそくフリーバッティングをやろう。

そう考えていたら、そこに近藤が駆け込んできた。

「あのー、井口さん！　ボクに変化球を教えてくれません？」


〈近藤〉


もう、なんなの、うるさいなぁ。

せっかく、井口さんに習って、変化球をマスターしようと思ったのに……。みんなが、うるさいことを、ボクに言ってくる。

「だからぁ、全国大会まであと何日もないのに、今から変化球を覚えるのはムリだって言ってんの！　近藤、それくらい、お前もわかるだろ？」

いちばんキレてるのは丸井さんだった。

もう！　ＯＢは黙ってててください！

「正直言って、俺もムリだと思うぞ。いや、お前にはできないって意味じゃなく、全国大会前の、短い期間に身につけるのがムリだってことだ。だって、お前……、今のカーブの投げ方とかメチャメチャだぞ」

井口さんも、少し困り顔で、言いにくそうにそう言った。

ボクは、井口さんからカーブとスライダーの投げ方を教えてもらい、それぞれを試してみたところだった。

カーブは、ボクがいちばん、身につけたい変化球だ。

ボクのストレートは速い。だから、遅くてよく曲がるカーブがあれば、バッターはタイミングを外されるだろう。緩急を使ったピッチングってヤツだ。ふだんイガラシさんがやってるような、賢そうなピッチング。ちょっとあこがれる。

だけど、ボクのカーブは、曲がってくれなかった。いや、曲がっているのかどうかすら判別できない。なにせすべてのボールを、ボクは、とんでもない方向にワンバウンドさせてしまったのだから。これはさすがにムリだ。

スライダーは、井口さんの得意球だった。ボクが、バットに当てることもできなかったボール。空振りをとれるボールやから、スライダーのほうが、ボクに合っているかもしれない。

ただ、スライダーは、指先の感覚が難しかった。井口さんは、切るように投げるんだって言うけど、切るってなんやの？

なに言ってんやろ？

今のところ、ボクのスライダーは、ストレートを少し遅くしただけのような気がする。これじゃ、空振りなんてとれる気がしない。まあ、ストライクが投げられるだけ、カーブよりマシかもしれんけど……。

はあ……。


「近藤、変化球は、そう簡単に身につかないよ。二学期になって、時間に余裕ができたら、じっくり練習してくれ」

とうとう、イガラシキャプテンにも止められてしまった。

でも、ボクは変化球を身につけたい。

一つでいいから、強力な武器がほしい。ボクのストレートとともにそれがあったら、鬼に金棒やないかと思う。

「あの……」

そこに、谷口さんが加わってきた。

「フォークボールはどうかな？　近藤は、手も大きいし。だから、握るのはカンタンだと思う。それに投げ方はストレートと同じだから、覚えやすいかもしれない。どうだろう、フォークボールに挑戦してみたら？」

井口さんが、ちょっと残念そうな顔になった。

「俺、フォークは投げられないんですよ。だから、教えられないんです」

「うん、だから僕が教えるよ。僕は、指をケガして、いろいろな投げ方を工夫しているときにフォークボールを覚えたんだ。近藤なら、いけるかもしれない」

谷口さんが、そう説明した。

「お願いします、谷口さん！　ボクにフォークを教えてください！」

谷口さんは、イガラシさんの顔を見ている。

「どうかな、イガラシ？　もちろんキャプテンがダメだと言うなら、僕は教えたりはしないけど、やってみる価値はあると思う」

うーん、谷口さんは謙虚すぎる。

この中ではいちばん年上なんやし、もっとバシッと言ったらええのにと、ボクはちょっとやきもきしてしまった。

フォークボールは、きっとイケル。

なんか、今の谷口さんの話に、ボクはビビッと来た。きっと、フォークボールはボクと相性がいいはずや。

「いや、ちょっとやってみましょう。たしかになにか一つ変化球が近藤にあれば、それはすごい武器になりますから」

イガラシさんが、そう答えた。よっしゃぁ！

＊

まっすぐに飛んでいったボールが、突然ストンと落ちた。

マウンドから見ても、ボールが落ちたのがハッキリと見えた。

なんやこれ？　魔球やん！

フォークボールの投げ方は意外とカンタンだった。ただ、人差し指と中指の間でボールをしっかりとはさめばいい。手の小さい人には難しいかもしれんが、ボクにはなんの問題もない。あとはストレートと同じように、全力で投げればいいだけだ。

「ウン、ちゃんと落ちてるね。いい感じだと思うよ」

ボクの隣にいた谷口さんが、ニッコリと笑って言った。

「ありがとうございます！　今、メッチャ落ちてませんでしたか？」

「でも落差が大きいぶん、今のはボールと判定されると思う。そこがフォークボールの難しいところなんだ。たくさん投げて工夫するといいと思うよ」

「ハイ！　ありがとうございます！」

「それにね、フォークボールは握力が大切なんだ。あんまり投げすぎると、握力が落ちてスッポ抜けてしまう。だから、大事な場面の決め球にするといいよ」

なるほど。

必殺技、ちゅうヤツやな。カッコええなぁ。

ボクは、イガラシさん、丸井さん、井口さんに向き直った。

「どうです？　かなりイケそうやと思いません。なんならイガラシさん、打席に立ってみます？」

「浮かれるな！　コントロールがまだまだなんだから、もっと投げ込んで、練習しろ！」

イガラシさんに怒られてしまった。

少しくらいほめてくれてもいいと思うけどなぁ。

〈イガラシ〉

「どうも、ありがとうございました」

そう言って俺は、谷口さんに頭を下げた。一日の練習が終わり、谷口さんは家に帰るところだった。

「うん、じゃあ、イガラシもがんばって。全国大会は必ず応援に行くから」

「ハイ、よろしくお願いします」

帰るのは谷口さんだけだ。丸井さんは、杉田先生の作る〝特製カレー〟を手伝っている。そして井口は、俺の隣で谷口さんを一緒に見送っている。

「あの人が、前の前のキャプテンだった人か?」

「ああ。今の墨谷野球部の基礎を作った人だ」

「基礎？」

「うん。ふつうの、たいして強くもなかったウチの野球部を、厳しい練習を通して、変えてしまった人だ。俺や、前のキャプテンの丸井さんは、ただそれを引き継いだだけだ」

「ふうん、でも、なんか不思議な人だな。おとなしくて、ぜんぜん運動部のキャプテンって感じがしなかったな」

「ああ、でもすごい人だ」

そんなことを話しながら、俺たちは、谷口さんを見送った。自転車に乗った谷口さんの背中が、校舎の角を曲がって見えなくなる。

と、井口が口を開いた。

「イガラシ、一つ聞いていいか？」

真剣な声だった。

「なんだ？」

「お前、どこの高校に行くんだ？　谷口さんのいる墨高か？」

「いや、まだ決めてないけど……」

「ホントか、教えろよ。ひょっとしてスカウトとか来てんの？　谷原か？　いや、それとも県外か？」

「来てないって、そんなの。なんでそんなこと知りたいんだよ？」

「そりゃあ、お前……。一緒の高校に行きたいからに決まっててんだろ」

「えっ？」

「お前は、俺のライバルだ。一緒にやるより、むしろ戦いたい。でもな、それはもっと先で、プロ野球とかでいいと思うんだ。それより――」

「それより――なんだ？」

「お前は、俺にないものを持ってる。中学野球でお前に負け続けて、やっとそれがわかった。だから、俺が成長するためにも、一緒に野球をやりたいんだ」

「井口……」

「だから、どこの高校に行くか決まったら、教えてくれ」

「……わかった。ホントにまだどこに行くか決めてないんだ。でも、決めたら、お前には連絡(れんらく)するよ」

「よし、約束だからな」

「ああ」

「それと、もう一つ約束だ。全国大会、ぜったい優勝しろよ。この俺様がバッティングピッチャーをやったんだ。優勝以外は認めねえぞ」

「そうだな。……わかった。約束する」

優勝できるかどうかなんて、わからない。でも俺は「約束」していいような気がした。そうすることが、もう負けてしまった井口に対する礼儀だと思った。

俺は、井口の思いを持って戦う。井口の分まで戦う。

それが俺の「約束」だ。


「キャプテン、井口さん！」

松尾が、俺たちのところへ走ってくるのが見えた。

「あの、失礼します。〝丸井特製のスーパーカレー〟ができたから、イガラシさんと井口さんを呼んできてくれと、丸井さんが言っています」

「丸井特製？　杉田先生のカレーだろ？　丸井さんは手伝っただけだと思うぞ」

「僕もそう思います。でも、丸井さんが〝丸井特製のスーパーカレー〟と言っているので……」

思わず笑ってしまった。なるほど丸井さんらしい。

松尾は井口に向き直った。

「あの、ぜひ井口さんにも食べてってほしいと、丸井さんは言っていました」

「ありがとう、じゃあ、いただいていくよ」

井口が笑顔で答えた。

すべてが順調だった。

たくさんの人の協力で、短いけれど、理想的な合宿ができていた。


〈久保〉


「イガラシ！　ちょっと待てよ！」

そう言って俺は、イガラシを追いかけた。

今日でミニ合宿は終わった。俺たちは、それぞれの家に帰るところだった。けれど、俺はイガラシに言っておきたいことがあった。

「どうした、久保？」

「明日のことだけどさ――」

イガラシと並んで歩き、俺は、そう切り出した。合宿は終わったとはいえ、練習は明日もある。ただ、明日の練習は午前中だけ。

以前の野球部では考えられないことだが、今の俺たちは休養日も設けていた。

「ああ、明日は軽めにやるよ。近藤のお父さんにも言われたけど、いいパフォーマンスのためには、休養も大事だからな」

「いや、そのことじゃないんだ」

イガラシが不思議そうにしている。どうやら、こいつはまだ知らないようだ。

「女バスの決勝が、明日あるんだって。市民体育館で1時から。ギリ間に合うから、お前、応援に行ってやれよ」

そう言ってイガラシの顔を見る。

納得したような、ちょっと戸惑った表情をしている。

「でも……、野球部の練習があるし……」

「だからギリ間に合うって。終わってからで」

「そうかな……」

イガラシがそんな風にとぼける。

でも顔が赤い。まったく……。俺はもうとっくに、お前の気持ちは知ってるぞ。

「いいから、応援に行ってやれ。喜ぶから」

そう言ってイガラシの背中をボンと叩く。

練習のときは、ものすごい行動力を発揮するのに、なにをそんなに照れているんだ。でも、そのギャップがおもしろくて、俺はついニヤニヤとしてしまった。

〈イガラシ〉

「あれ、イガラシくんじゃない？」

同じクラスの女子に出くわして、声をかけられた。

「よお」

そう軽く答えて、俺は、そそくさとそこから逃げ出す。

なんとなく照れくさかった。

だから、俺は、墨谷の応援スタンドから離れ、一人で女バスの決勝を観ることにした。市民体育館のスタンドのいちばん上の隅に、そっと座った。

試合前の練習。大西が中心となり、ボールを軽く回している。

と、大西がこちらを見た。距離は離れているけれど、視線が合ったような気がした。

軽めの練習を終え、墨谷二中の選手たちがベンチへと戻っていく。俺は、つい大西を目で追ってしまう。そして、また視線が合った。

そのとき、俺に向けて、大西が一瞬、小さく手を振った……ように見えた。

ドキリとした。目の錯覚かと思ったが、大西がまたこちらを見た。さすがに恥ずかしくて、手を振り返す勇気はなかった。

(がんばれよ)

代わりに、目でそう大西に言った。

一緒に優勝する。そう約束したよな。

野球部は優勝して、全国行きを決めたぞ。

だから、次はお前の番だ。

＊

試合は大接戦になった。

女子バスケットボール地区大会の決勝。53対57で、墨谷が4点のリードを許していた。

もう試合終了が近づいている。あと1分しか残っていない！

「行け！」

思わず大声を出し、俺は立ちあがった。

もうまわりの視線なんか気にしていられなかった。

「集中、集中！」

手を叩き、大西が叫んでいる。その声が俺のところにまで聞こえてくる。

ボールを持っているのは、墨谷二中。でも、相手も必死だ。なかなかシュートが打てない。

大西にパスが回った。

苦しい体勢だったが、大西はジャンプシュートを放った。

ボールがゴールに吸い込まれる。墨谷の応援スタンドから大歓声があがる。

「よし、いいぞ！」

俺も大声で叫んだ。

これで55対57。

もう一度ゴールを決めれば同点、スリーポイントシュートなら逆転だ。

けれど港南中は、もう攻撃をしかけてこない。

時間いっぱいボールを回す作戦だ。墨谷の選手たちもなんとかボールを奪おうとするけれど、うまくいかない。

残り時間がどんどん減っていく。

と、大西がボールを奪いに行った。すばやく動いてボールをカットし、ドリブルで相手ゴールに向かう。

「行け！　いいぞ！」

時間がない。

ゴール下まで走る余裕はなくなっていた。

残り3秒。

センターラインを越えたあたりから、大西がロングシュートを放つ。スリーポイントシュートだ。

ボールは、大きく放物線を描き、ゴールのリングへと向かっていく。

観客たちがいっせいに黙り、ボールの行方を追う。

ボールはゴールのリングに当たり、少し上にはねた。

そして……、
落ちてきたボールは、リングの外へとこぼれた。

ホイッスルが鳴り、試合終了。

墨谷二中は、敗れてしまった。

ホイッスルが鳴った瞬間に、大西は泣き崩れた。そして、対照的に港南中は喜びを爆発させている。

副キャプテンの野口や、他のチームメイトたちが、大西に駆け寄っていく。なにを話しているかはもちろん聞こえない。泣きながら大西たちは抱き合い、そして、なにか話をしている。

いい光景だな。

女バスにもいろいろなことがあったようだけれど、きっとすべてのわだかまりは吹き飛んだに違いない。

「負けたけど、墨谷は来年が楽しみなチームだね」

そんな声が聞こえた。

どこかのバスケットボール関係者たちが話しているようだ。


そうだ。それこそ、大西がやってきたことだ。

あいつは、俺のようにレギュラーばかりを鍛えるやり方ではなく、大会前であっても、チーム全体の底上げをはかるような練習を続けてきた。

そして実際、この試合でも、墨谷は、たくさんの2年生や1年生が試合に出て、チームを支えていた。

自分たちのチームだけではなく、自分が卒業したあとのことも考え、大西はチームを作っていた。

それこそが、大西の、キャプテンとしての素晴らしい功績だ。

いつの間にか、大西たちに笑顔が戻っていた。試合には負けたけれど、精一杯戦い、悔いはないという表情をしている。

試合後のあいさつを終え、墨谷の選手たちが応援スタンドに頭を下げ、そして手を振っている。応援していた人たちも、彼女たちの健闘を称えている。

そして俺も、スタンドの片隅から、精一杯の拍手を大西に送った。

8th

イニング

〈イガラシ〉


全国大会が始まった。

1回戦の相手は白新中学だった。

やはり全国には、いろいろな強敵がいる。白新中は、つくづくそんなことを痛感させる学校だった。

もちろん地区予選を勝ち上がってきた相手なんだから、カンタンに勝てると思っていたわけではない。

けれど、俺たちは、全国優勝経験のある青葉学院にも、選抜大会でノーヒットノーランを決めた江田川中にも勝っているんだ。

まさか、1回戦でここまで苦戦するとは想像もしていなかった。

3回を終え、0対2。2点のリードを許していた。

「あのスローボール、メッチャ腹立つわぁ〜」

ベンチの中で、近藤がいまいましげに叫んだ。

俺たちは、白新の先発ピッチャー遠藤の、のらりくらりとした投球に、すっかり手を焼いていた。

「近藤、だったら打てばいいんだ。カッカするな」

そう言って俺は、近藤を落ち着かせる。

ただ、俺自身も少し焦っていた。

こんなところに俺たちの弱点があったんだな。

最近の俺たちのバッティングピッチャーは、井口だった。剛速球や、鋭い変化球に目を慣らしている。それはもちろん重要なのだが、この遠藤のような軟投型のピッチャーへの対策が足りなかった。

「でも、まぁ、ボールは遅いんだ。よく見ていけば打てるだろ」

久保が、そんな風に言った。

そう、ボールをよく見て打てばいい。

それはわかっているし、すぐにでもできるような気がする。ところが、4回、5回も、俺たちは無得点に終わってしまった。逆に、カッカとした先発の近藤が、スッポ抜けのフォークを連打されて、白新に追加点を与える始末だ。

0対3になった。

いよいよマズい。なんとか遠藤を攻略しないといけない。


〈慎二〉


「みんな落ち着け！　打てる球なんだから！」

6回の表。攻撃の前に円陣を組み、キャプテンがみんなに気合いを入れた。

そう言いながら、キャプテン――つまり兄ちゃん自身が、かなり焦っているように見える。

ムリもない。打てそうなのに、打てない。得点は、相変わらず0対3のまま。そして、試合は終盤戦に入った。

この回の攻撃は下位打線から始まる。

7番の松尾、8番の佐藤、そして9番の僕と1年生が並んでいる。

僕は、ベンチでバットを持ち、バッターボックスの松尾を見た。

頼むぞ、松尾。

松尾がバットを振り、キンという気持ちのいい音が球場に響いた。センター前ヒット。ノーアウトのランナーが出た。

ファーストベース上から、松尾が、僕を見てうなずいている。

やっぱりだ。

「あの、キャプテン」

僕は、そう兄ちゃんに声をかけた。

「なんだ、慎二？」

「一年で話したんだけど、あのストレート、微妙に変化していると思う」

「変化？　変化してたら、ストレートとは言わないぞ」

「でも、たぶん微妙に。バットに当たるあたりで、ほんの少しだけ。動くストレートってヤツだと思うんだ」

それが、一年の僕たちが気がついたことだった。

遅いストレートと、山なりのスローカーブ。

どちらもすぐに打てそうだから、ついムキになって、僕たちはバットを振り回していた。でも、遠藤のストレートは、本当の意味でのストレートではなかった。バットに当たる瞬間、微妙に変化をしていた。芯に当たっていないのだから、いくらバットを振り回しても会心の当たりが出るわけがない。

「だから、バッターボックスのギリギリ前に立って、変化する前に打ってみようって相談したんだ。それで、今、松尾がやってみた。うまくいったみたいだ」

ボールが変化する前に打つ。

僕たちは、近藤さんや井口さんの球を、わざわざ近くから打って練習してきた。

だから、遠藤ぐらいの遅い球なら、バッターボックスのギリギリ前に立っても、余裕を持って打てるはずだ。

「なるほど……。試してみる価値はあるな。よし。みんな、打席のめいっぱい前に立って叩くんだ。いいな！」

兄ちゃんが大きな声で、ベンチのみんなに指示を出した。

「慎二、伝令に出て、今のことを佐藤に伝えてきてくれ！」

兄ちゃんの声が弾んでいる。

「大丈夫、もう佐藤には話してあるから」

「そうか。ありがとな」

兄ちゃんにお礼を言われてしまった。なんだか照れくさいけれどうれしい。よし、ここから大逆転だ。

＊

バットを構え、僕は、相手ピッチャーを見た。

松尾に続いて佐藤もヒットを打った。ノーアウト一塁、二塁。ここはなんとしても続いて、チームに弾みをつけたいところだ。

打席のピッチャー寄りに立つ。

ピッチャーに近づくわけだから、球が少し速くなったように感じるだろう。

でも、問題ない。近藤さんや井口さんの球に比べたら、それでもまだ遅いくらいだ。あと一メートルぐらい近づいても僕たちは打てるだろう。

それにしても、兄ちゃんはうれしそうだったな。

そういえば、松尾が野球部に戻ってきたときも、兄ちゃんはうれしそうだった。僕の前で口にはしないけれど、部員を減らしてしまったことを、兄ちゃんはすごく悔やんでいるはずだ。

この大会が終わったら、やめていった奴らに声をかけてみようかな。

もう一回、一緒に野球をやらないかって。

もう一回、一緒に全国を目指さないかって。

うまくいくかな？

でも、まだ他の部活に入ってない奴だっている。可能性はあるかもしれない。

もし、もしあいつらが戻ってきたら、

兄ちゃんの気持ちも、少しはラクになるんじゃないかな……。

キン！

初球、僕はバットを思い切り振った。打球はセンター前に抜けていく。当たりがよすぎて、セカンドランナーの松尾はホームにかえってくることができなかった。でも、これでノーアウト満塁。しかも、ここからは上位打線だ。

さあ、逆転だ。

先輩たち、頼みましたよ！

〈**イガラシ**〉

１回戦が終わった。18対3の大差で、俺たちは白新中を破った。6回、7回と、墨谷の打線が爆発して、結果的に、墨谷二中の一方的な勝利に終わった。

白新の攻略法を、１年生たちが見つけてくれたことが、俺はうれしかった。

たった三人しかいない１年生。慎二、佐藤、松尾。

あいつらの代は、きっとチーム作りに苦労するだろう。なにせ、人数が足りないのだから。

俺はあいつらに、大きな負担をかけてしまった。

でも、三人は文句一つ言わず、こんな俺についてきてくれる。

それどころか、今日の試合では、焦った俺たち上級生を上回る活躍を見せてくれた。

すごい成長だ。それがうれしかった。

「イガラシ、いいぞ！　ナイスゲームだ！」

試合後のあいさつを終え、ベンチに戻ってくると、スタンドから丸井さんの声援が飛んだ。

丸井さんは、この大会の全試合を応援に来てくれるそうだ。

「ありがとうございます」

そう丸井さんに答える。ただ、心の中で、俺は反省していた。

白新の攻略法は、本来、俺が気づくべきことだった。

冷静なつもりでいても、全国大会という大舞台に、どこか気持ちが舞い上がっていたのかもしれない。

もっと気を引き締めて戦っていこう。

その後、俺たちは、2回戦、3回戦、そして準々決勝を勝ち上がり、ベスト4までコマを進めた。

〈イガラシ〉

和合がスタンドにいる。俺はバッターボックスに立ち、連中の顔を見た。

偵察というわけか。

準決勝。相手は南海中。この試合で勝ったほうが、今日の第一試合に快勝したあいつらと、決勝で日本一を争うことになる。

「イガラシ！　頼むぞ！　一発決めてくれ！」

丸井さんの声が球場に響く。

試合は4回の裏に入っていた。0対0の同点。たしかにここらで先制点がほしい。

準決勝に勝ち上がってくるまでも、俺たちは厳しい戦いの連続だった。特に準々決勝の北戸中学戦は、大接戦になった。6対5でギリギリの勝利。それでも、なんとかここまで勝ち上がってきた。

あと二つ……。

この試合、ウチの先発ピッチャーは近藤だった。今日の近藤の調子は、なかなかいい。だから先制点を取れば、かなり有利になる。

俺はもう一度、スタンドにいる和合の連中を見る。

待ってろよ。必ず決勝に勝ち上がり、お前たちにリベンジしてやる。

そう自分を奮(ふる)い立たせた。

そんな風に、自分に気合いを入れなければならない事情が、今の俺にはあった。

〈森口〉

金属バットの音が響(ひび)き、ボールはレフト前に飛んだ。イガラシが出塁(しゅつるい)した。

「よく打つな、イガラシの奴(やつ)」

隣(となり)に座る下坂(しもさか)が感心したように言った。

「森口、お前、キャッチャーとして、あのイガラシをどう見るよ？」

たしかに、よく打つ……。

データ的に言っても、イガラシは今大会、４割以上の打率を記録しているはずだ。広角ヒッターで、苦手なコースもなし。決勝で対戦したら、どんな配球で攻(せ)めればいいだろうか？　俺(おれ)

はそんなことを頭に巡らせながら、下坂に答えた。

「たしかに、昨年と同じ奴とは思えないね。それだけ、俺たちに負けたのが悔しかったってことだろうな」

「それに、近藤だ。昨年、あいつはいなかった」

「そうだな、あの南海を、ここまでノーヒットだぜ。どう思う？　中川」

俺は、さっきからずっと黙っている中川に声をかけた。

けれど中川は返事をせず、難しい顔をして試合を見続けている。なにか気になることがあるのだろうか。

試合は、墨谷の攻勢が続いていた。

ヒットとフォアボールで、ワンアウト満塁のチャンスを迎えている。ちっこいバッターが、打席に入っていた。

うん？　こいつも名前がイガラシ？　ああ、弟だろうな。レフトへフライが上がった。犠牲フライになる。

と、中川が口を開いた。

「明日の相手、南海になるかもしれないな」

「え？　墨谷が先制したぜ」

なにを根拠に、中川がそう言っているのか、俺にはわからなかった。

ただ、野球に関しては、中川はいつも正しい。

「なんでだ、中川？　なぜ、墨谷が負けると思うんだ？」

「イガラシだ。たぶんケガか、体調が悪いか……。振りが鈍い。さっきのはホームランできるボールだった」

俺の目には、さっきのイガラシの振りが、鈍かったようには見えなかった。隣で下坂も首をひねっている。

ただ、野球に関しては、中川の言うことは絶対正しい。

キーン！

金属バットのとがった音が、球場に響いた。

墨谷のバッターの当たりは、レフト前に抜けるかという強い打球だった。南海のショートが横っ飛びで捕る。サードランナーの近藤は、ホームへ向かって走り出していた。本塁ベース上で、クロスプレーになった。

「セーフ！」

主審が両手を横に広げた。これで墨谷が1点を追加し、2対0になった。

「これで決まったな」

中川が言い切った。俺も答える。

「そうだな、今日の近藤の出来からいって、2点は大きい。決勝の相手は墨谷だな」

「いや、逆だ。決勝の相手は南海だよ」

「え、どうして？」

「見ろ。近藤の様子がおかしい」

俺は慌てて、グラウンドに目を戻した。

たしかにベンチに戻る近藤は、右手を押さえている。

「今のクロスプレーで、か？」

「ああ。たぶん指だ。イガラシの調子も悪そうだし、これで、墨谷にピッチャーはいなくなった」

中川が淡々と言った。

墨谷のベンチがあわただしい。どうやら、中川の言う通りのようだ。

〈イガラシ〉

ベンチに戻ってきた近藤が顔をしかめている。

右手を押さえ、つらそうな目で俺を見る。

「どうした!?」

「イガラシさん、スンマセン、指をやってしまいました……」

「なんだって？　見せてみろ！」

慌ててのぞき込む。近藤の右手の人差し指の爪が割れていた。血がじわじわと爪の下からにじみ出ている。

「救急箱を持ってこい！」

近くにいた慎二に声をかけた。

「近藤、ムリするな。次の回から、俺が投げるから」

「はい……。お願いします。指先がジンジンして、力が入りませんわ」

「わかった。ピッチャー交代だ。ベンチに下がれ」

「いや！　打つほうは、まだできます！　引っ込めんでください！」

「……よし。じゃあ、ライトに入れ。いいか、送球のときは、人差し指を使うんじゃないぞ」

手早く指示を出すと、俺はグローブを手に、小室に向き直った。

「小室、少し投げたい。ブルペンに付き合ってくれ！」

だが、小室は妙な表情で俺を見ている。

「どうした小室？　行くぞ！」

「お、おう」

小室がそう言ってキャッチャーミットを手にした。そして、二人でベンチを出る。

そのとき、足元が揺れた。


〈小室〉


フラついたイガラシの腕をとっさにつかんで支えた。

その腕がものすごく熱い。

やっぱり……。

「イガラシ、お前、大丈夫か！」

「なにが？　ちょっとつまずいただけだ。行くぞ、小室」

そう言ってイガラシはブルペンへと急ぐ。

今日のイガラシは、どこかおかしいと感じていた。やはり体調が悪かったんだ。熱がある。

それも、かなり高い……。

俺は、イガラシを追いかけて走り、並びかけた。

「おいイガラシ。お前、熱があるだろ！」

「いや、なんともない。大丈夫だ」

「そんなわけない！　正直に答えろ！」

イガラシが立ち止まり、俺を見た。

「だからなんだ？　俺は大丈夫だ。それに、指をケガした近藤より、俺のほうがあきらかにマシだ。それとも、他に誰か投げられる奴がいるのか？」

返す言葉がない。

近藤が投げられない以上、俺たちにはイガラシしかいない。

「それとも試合を放棄するか？　そんなことできないだろ？」

「……ああ」

「だったら、余計なことを考えずに試合に集中しろ。俺が投げる。あと3回、ぜったいに抑(おさ)えてやる」

「……わかった」

イガラシの意志の強さは、よく知っている。

もう、俺がなにを言っても聞かないだろう。

やるしかない。

〈**イガラシ**〉

気力をふり絞(しぼ)れ！

俺(おれ)は自分にそう言い聞かせた。昨年の青葉学院との死闘(しとう)を思い出すんだ。あのときに比べれば、まだ今のほうがラクなはずだ。

「イガラシぃ！」

スタンドからの丸井さんの声が、なんだか悲鳴みたいに聞こえる。ひょっとして、スタンドからでもわかるほど、俺の球は走っていないということか。

でも、だからといって、どうすることもできない。

これ以上、ウチのチームにピッチャーはいない。

「イガラシ！　がんばってくれ！」

やっぱり丸井さんも気がついている……。

安心してください。俺は最後まで投げます。心の中で、そう丸井さんに答える。

俺は、墨谷のエースでキャプテンなんだ。

あと100球だって、俺は投げてみせる。


〈近藤〉


まいったな……。イガラシさん、体調を崩してるみたいや。

6回の裏、ボクはベンチに戻ると、すぐに曽根クンに声をかけた。

「曽根クン、ちょっとブルペンでキャッチボールするから、付き合ってくれへん？」

曽根クンが、少し渋い表情になった。

「いいの？　爪が割れたんでしょ？」

「でも、ホラ、イガラシさんの様子を見てると……」

この部分は小さな声で言った。イガラシさんは、自分の体調が悪いことを、誰にも言うつもりはないようだった。

「そうだね。でも、近藤だって……」

やっぱり曽根クンも、イガラシさんの様子がおかしいことに気がついていた。それでも、ボクのことも心配してくれているようだ。

曽根クンは、いい人やなぁ。

「ダメそうだったら、あきらめるから。ボクも、どれくらい投げられるか試したいんや」

「……わかった。ブルペンに行こう」

曽根クンがうなずいてくれた。

＊

ブルペンでキャッチボールを始めると、丸井さんがスタンドから声をかけてきた。メッチャ必死な表情をしている。

「おい、近藤、どうしたんだ？　ケガか？　投げられるのか？」

「ええ。爪が割れました。わからんから、ちょっと試してみるんです」

そう答えてから、曽根クンとキャッチボールを始めた。

最初はそっと。そんなに痛くない。これなら平気かも。

ボクは少し力を入れて投げてみた。

ツー、痛い。

ハッキリ言って、かなり痛い。指先がジンジンとして、とてもじゃないけれど、ピッチャーはできそうにない。

「近藤、なにしてるんだ!?」

イガラシさんがベンチを飛び出し、こちらに走ってきた。

「ムリするな！　お前はケガをしてるんだぞ！　すぐにベンチに戻れ」

「いや、イガラシ。近藤は、お前のためを思って投げようとしてるんだ」

スタンドから丸井さんが言った。

「わかってます。でも、近藤はケガをしてるんです。ムリをさせるわけにはいきません。俺(おれ)が最後まで投げますから」

「だってイガラシ、お前だって調子が――」

「俺なら問題ありません！」

イガラシさんがキッパリと言った。

「なにを勘違(かんちが)いしているのか知りませんが、俺の調子は万全ですから」

「いや……けど……」

「いや、あの、すんません」

ボクは、丸井さんの言葉をさえぎり話し出した。議論よりもなによりも、ボクの中で結論が出ていたからだ。

「なんにしろ、ボク、投げられませんわ。指、メッチャ痛いですから」

イガラシさんがうなずく。

「うん、そうだろうな。だからムリするな。さぁ、ベンチに戻ろう」

「いや、ちょっと待てって！」

「丸井さんは、黙っててください！」

イガラシさんがムキになって、丸井さんの言葉をさえぎった。こんなイガラシさん、初めて見る。

「今ムリして、近藤のこれからの野球人生がダメになったらどうするんですか？　近藤の判断は間違ってません。こいつには将来があるんですから！」

「じゃあ、お前はどうなるんだよ……？」

「だから、俺は大丈夫ですって！　よし、近藤、ベンチに戻れ」

イガラシさんは、そう言うと、さっさとベンチに戻っていった。ボクも、イガラシさんに続いて歩く。

「近藤ぉ！」

後ろから、丸井さんの声が聞こえた。無視しようかと思ったが、あまりにも悲しげな声だったので、ついボクは振り返ってしまった。

「谷口さんを知ってるだろ？　あの人はな、おとしの地区大会の決勝で、右手の人差し指を骨折してたのに、ピッチャーをやったんだぞ！」

返事ができなかった。

骨折していたのに、ピッチャーをやった？

そんなバカなことがあるわけがない……。

いくら谷口さんがすごいからって、そんなこと、できるわけがない……。

丸井さんの顔を見る。

悲しそうな、祈るような表情でボクを見ていた。

丸井さんに背を向け、ベンチへと急ぐ。でも、頭の中では、丸井さんの言葉が何度も繰り返し響いていた。


〈小室〉


「おい、イガラシ、ホントに大丈夫か？」

俺はマウンドに行き、イガラシに声をかけた。

これから最後の南海中の攻撃が始まる。5回、6回と、フラフラしながらも、イガラシはなんとか投げ続けてきた。最終回、２点のリードを保っている。この回をしのげば、俺たちの勝ちだ。

「大丈夫だよ」

イガラシは苦しそうに言って、少し笑った。

もう強がる気力もあまり残ってないようだ。

「いずれにしろ、ピッチャーは俺しかいないんだ。小室、リードをよろしく頼むぞ」

「ああ、ストライクを先行して、早めに勝負をつけよう。低めだけを意識して投げてくれ」

「……わかった」

俺は、キャッチャーズボックスへと戻る。ホームベースの手前で立ち止まり、振り返った。

「しまっていくぞぉぉ！」

俺は声を張り上げて、野手の連中に向けて叫んだ。

イガラシが本調子でない以上、打たれる確率がかなりある。なら、守り切るだけだ。墨谷は守備のチーム。なにがなんでも逃げ切ってみせる。

〈近藤〉

ケガをしたときにはムリをしてはダメ。これはパパと約束したことだ。本気でプロ野球選手になりたいのなら、これは絶対に守らなければいけない約束だった。

絶対に……。

それなのに、なんでこんなに気持ちがザワザワとするんだろう?

最終回。

イガラシさんが連打を浴び、大ピンチを迎えていた。

ノーアウトで、三塁と一塁にランナーがいる。しかも、打順は3番バッター。イガラシさんがフラフラなのは、もうライトからでもハッキリとわかる。

南海の3番バッターが打った。ライト線に球は飛んでくる。あかん、長打や!

ボクは必死にボールを追う。

でも、ボールはずいぶん先を転がっている。なんでボクはこんなに足が遅いのだろう。どんくさい自分に泣きたくなってくる。

ようやくボールに追いついたとき、三塁ランナーは、とっくにホームにかえっていた。

そして、一塁にいたランナーが三塁を回ろうとしている。このままでは、あいつまでホームにかえってしまう。

「近藤さーん！」

ファーストの佐藤が両手を上げて叫んでいる。

バックホーム。中継するから、自分に投げろという合図だ。でも、中継していたら、絶対に間に合わん！

ボクは、ダイレクトに、キャッチャーの小室さんに向かって遠投した。

頼む！　間に合ってくれ！

クロスプレーになった。小室さんがタッチに行く。

「アウトォ！」

主審が右手を上げたのが見えた。

「よっしゃぁぁ！」

ボクは吠えた。そして、そのまま走り出した。

考えるより先に、ボクの足はマウンドへと向かっていた。そして、あとから考えが追いついてきた。

ボクはピッチャーをやるために走ってるんだ。

ボクが投げる。ケガなんか知らん。

「イガラシさん、ボクがピッチャーやりますわ！」

マウンドに着くなり、ボクはイガラシさんに言った。

「ダメだ！　なに言ってる？　お前はケガをしているんだぞ」

「いや、今、バックホームしてぜんぜん痛くなかったです」

「でも……、悪化させるわけにはいかない」

「大丈夫(だいじょうぶ)です！」

ボクは大声を出した。そして、まっすぐにイガラシさんの目を見つめる。

「骨折した谷口さんは、それでもピッチャーをやったらしいじゃないですか！　ボクかて、それくらいできます！　それに、ボクは骨折してませんから！」

イガラシさんも、まっすぐにボクの目を見返してくる。そして、イガラシさんが静かに口を開いた。

「ホントにいいのか？」

「大丈夫です！　チームのためにボク、投げたいんです！　みなさんと一緒(いっしょ)に、ボク、日本一になりたいんです!」

「わかった、交代しよう。近藤、頼むぞ。あとはお前に任せた!」

〈**近藤の父**〉

マウンドから、茂一(しげかず)が私を見ている。

まったく、ケガをしたときはムリをしたらダメと、あれほど言って聞かせたというのに。

あとで、厳しく叱(しか)らなきゃな。

茂一は、まだ私をじっと見ている。約束を忘れたわけではないと、伝えようとしているのかもしれない。

変われば変わるものだ。

「お山の大将」で、自分勝手だったあの子が、自分のためじゃなく、仲間のため、チームのために投げようとしている。

きっと、イガラシ君をはじめ、野球部の人たちのおかげだな。

いいチームに入ってよかったな、茂一。

ありがとう、イガラシ君。

がんばれ、茂一。がんばれ！　勝って、みんなと一緒に決勝戦を戦うんだぞ。


〈イガラシ〉


近藤のピッチングは完璧だった。

「ストライク、バッターアウト！」

南海中の4番バッターを、三振にきってとった。素晴らしい落差のあるフォークボールが決め手だった。

「どうです、イガラシさん？　大船に乗った気でいてくださいよ」

近藤がうれしそうに言った。

うん、近藤らしい大口だ。

南海中の最後のバッターを、近藤はたちまちツーストライクと追い込んだ。そして、右手の人差し指と中指の間に、ボールをグリグリとねじ込んでいる。

あれじゃあ、「これからフォークボールを投げます」と宣言しているようなものだ。でも、不思議と注意しようという気にはならなかった。

来るとわかっていても打てないフォークボール。近藤は、完全にそれを身につけていた。

「ストライク、バッターアウッ！」

二者連続の三振。試合終了だ。

俺たちは、決勝進出を決めた。夢である日本一は、もう手の届くところにある。

相手は和合中。前年の全国大会優勝校であり、この春の選抜大会の覇者だ。相手にとって不足はない。

あと一つ。俺は死に物狂いで戦ってみせる。

〈**森口**〉

「墨谷が勝ったな」

俺は中川にそう声をかけた。

「ああ。そうだな」

「珍しいな。初めてじゃないか、お前の予想が外れるなんて」

中川が返事をしない。ベンチに引き上げていく墨谷の連中を、ただじっと見つめている。

もっとも、中川の見立てが、すべて間違っていたというわけではない。

負傷した近藤に代わって登板したイガラシは、あきらかに体調がよくなかった。

けれど、守備が懸命にイガラシを盛り立てた。ファインプレーを連発し、何度もイガラシを助けていた。

最終回にとうとう捕まったが、すると、負傷したはずの近藤が再びマウンドにあがった。その投球は、まるでケガを感じさせないものだった。

つまり、中川の予想が外れたというよりは……、

「あいつらは、予想を超えた連中ってことだ。あなどれないぞ」

「俺はどこが相手でも、あなどったりはしない」

中川は静かに、けれどキッパリとした口調で言った。

9th

イニング

〈イガラシ〉

決勝戦の日は、朝から雨だった。

球場にはやってきたが、俺たちはまだロッカールームにも入らず、学生服のまま、外のベンチに集まって待機していた。まだ試合が行われるのかどうか、決定を聞かされていなかったからだ。

開始時間は午後の一時。天気予報によると、今降っている雨は午後にはやむだろうということだった。

「イガラシ、やっぱり試合を始めるらしい」

小室が戻ってきて言った。小室には、チームを代表して、試合をやるのかどうかを確認しに行ってもらっていた。

「グラウンドの整備も始まっている。俺たちも準備を始めたほうがいい」

「そうか」

近藤や俺の体調を考えれば、できれば今日の試合は順延になってほしいというのが、俺の本音だった。

でも、ガッカリする姿を見せるわけにはいかない。キャプテンが落胆していたら、チームの士気にかかわる。

「よし、みんな準備しよう。この雨で、今日は、そんなに暑くならないはずだ。かえって、いいコンディションだぞ」

みんなにそう声をかけ、俺は、座っていた椅子から立ちあがった。

＊

ロッカールームに向かう。

「イガラシくん」

声がして振り返ると、大西が立っていた。

「大西……、来てくれたのか」

「うん！」

そう言って大西はニッコリと笑った。

「だって、イガラシくんだって、来てくれたでしょ。わたしの最後の試合……」

「ああ」

立ち止まった俺に気づいた久保が、俺のほうを見て、軽くうなずいた。そして、他の部員たちに「さ、行くぞ」と声をかけ、歩き出した。気を利かせてくれたんだろう。少しだけ、話すことができる。

「体、大丈夫？　昨日、調子悪そうだったね」

「ああ、大丈夫だ。昨日、ムリヤリ病院に連れていかれたからな。イヤだって言ったのに……」

昨日、試合が終わるとすぐ、近藤のお父さんに連れられて、近藤と俺は病院へ行った。

そこで、近藤は割れた爪の処置をしてもらい、俺は点滴を打った。

医者によると、俺の高熱は疲労によるものだろうとのことだった。実際、一晩明けたら、万全とまではいかないものの、俺の体調はかなり回復していた。近藤も、短いイニングなら、投球していいとのことだった。

と、大西がクスクス笑い出した。

「おい、なんで笑うんだよ」

「だって、イガラシくん、病院きらいなの？　まさか、注射が怖いとか？」

「バカ言うな。試合に出るな、とか言われたら困ると思っただけだ」

「ホントに？」

やばいな。俺は今、顔が赤くなっているかもしれない。

大西の笑顔が、まぶしかった。

「ありがとう。うれしかったよ、わたしの試合、見に来てくれて」

「ああ」

「ごめんね。わたしは負けちゃった」

「そんなこと、謝る必要なんてない」

「……約束、守れなかった」

「ああ……」

言葉が途切れた。何秒間かの沈黙……。

「イガラシ〜」

遠くから久保の声がした。もう時間がない。

「悪い。もう行かないと」

「うん、がんばって」

俺は、歩き出した。でも、なにか言い足りない気がする。

「大西！」

立ち止まり、振り返る。

大きな声を出した。

「お前、立派だった。負けたけど、すごく立派だったぞ！」

「ありがとう！　イガラシくんも、すごく立派だよ！」

そう言って、大西が笑顔で手を振ってくれた。

照れくさかったけど、俺は、軽く手を上げて大西に応えた。


〈イガラシ〉


「プレイボール！」

和合中との決勝が始まった。

まだ雨が降っている。ボールをていねいにふき、俺は、第一球を投げた。

「ストライク！」

外角低めいっぱいにストレートが決まった。いいコースだ。

よし、調子は悪くないぞ。

「いいぞイガラシ！　その調子だ！」

スタンドから丸井さんの声が聞こえた。

俺は、チラリと声のしたほうに目をやる。丸井さんの隣には、谷口さんの姿もあった。いつものように、俺たちを見守ってくれている。

ありがたい。本当に力になる。

5球目。俺の投げたカーブを、相手バッターは地面に叩きつけるように打った。

ボールは三遊間に転がっていく。ショートの曽根がボールを待って捕り、ファーストに送球した。

が、そのボールはショートバウンドになってしまった。

ファーストの佐藤がキャッチできず、先頭ランナーに出塁されてしまった。

「すいません」

そう言って、曽根が頭を下げた。

「いい、気にするな」

曽根にそう言ってから、俺は内野陣に向かって大声をあげた。

「いいか！　雨でグラウンドがぬかるんでいるから、ゴロの勢いが止まるぞ。少し、浅く守るんだ！」

今の和合のバッティングは、おそらく狙ってゴロを打ったんだろう。雨でゴロの処理は難しいし、ボールも滑りやすい。さすがに、百戦錬磨の連中だ。

2番バッターは送りバントをしてきた。

これは予想通りだった。俺は、ダッシュしてボールを拾うと、確実にアウトをとるため、ファーストに向き直った。

が、足元が滑り、転んでしまった。

クソ！　俺としたことが！

雨で足が滑りやすいなんて、わかりきったことじゃないか！

ノーアウト、ランナー一塁、二塁となり、3番バッターの森口が打席に入った。

ここからの三人は、最大限の注意が必要だ。

3番の森口、4番の下坂、5番の中川。この三人がいたからこそ、和合は夏と春の大会で優勝できたと言っても過言ではない。

〈中川〉


3番の森口が送りバントを決め、ワンアウト二塁、三塁になった。

5番の俺は、早めにネクストバッターズサークルに向かい、4番の下坂に声をかける。

「森口にバントさせるなんて、監督は慎重だな」

「まぁ、決勝戦だからな。先制点が大事だと考えてるんだろ」

それだけ言って、下坂はバッターボックスへと向かった。

いきなりノーアウトでランナーが二人。昨年の墨谷戦と、出だしはまったく同じだ。あのときは、そのまま6点を奪ったんだっけ。

鋭い打球音を残して、下坂の打球は一、二塁間に飛んだ。

よし、先制点だ！

ところが、セカンドのちっこい奴がそれを捕り、バックホームしてきた。

「アウトォ！」

主審の右手が上がった。

いい守備だ。やはり昨年とは違うようだ。


〈イガラシ〉


「小室、大丈夫か？」

俺は急いで小室のところに駆けつけた。今のプレーで、ホームに突入してきたランナーと、小室はかなり強く激突していた。

「余裕だよ。こんなんで、いちいちまいってたらキャッチャーは務まらないって」

小室が笑って答えた。

他の内野の連中も集まってきた。

「慎二、ナイスキャッチだったぞ」

「うん。任せといて」

慎二が胸を張って答えた。

「お互いもう泥まみれだな」

小室が笑いながら、慎二に言った。

まだ試合が始まって何分もたっていないのに、もう小室と慎二は泥だらけになっていた。

「でも、これが俺たちの野球だ。泥だらけになっても、守っていこうぜ。いいな！」

小室が大きな声で言った。

「おう！」

みんなも大きな声で答える。

さすが小室だ。チームを引き締める声をかけてくれる。

泥だらけになっても……か。

泥だらけの野球。それがまさに、墨谷の野球だ。

「よーし、みんなしまっていけよ！　墨谷の野球を見せてやろうぜ！」

俺も大声を出し、みんなに喝を入れた。

どうやら俺の投球では、和合の打線を完璧に抑えるのは難しいようだ。でも、大丈夫。墨谷は守備のチーム。バックを信じて投げていこう。

＊

2回の裏、墨谷の攻撃になった。先頭打者は、4番バッターの俺だ。

「しまっていくぞぉ！」

キャッチャーの森口が、大きな声で内野陣に檄を飛ばしている。

さぁ、中川との対戦だ。

俺はバットを構え、マウンド上の中川を見た。

中川の最大の特徴は、その体格にあった。

おそらく190センチ近くはある。まるで二階から投げ下ろすような落差のあるストレートに、昨年の俺たちは手も足も出なかった。

中川が第1球を投げた。

ズバンという、低い音を立てて、猛烈なスピードのストレートが、森口のミットに飛び込んできた。ストライク。

速い。そして、ストレートなのに、どこか軌道が読みにくい。手元に来て、グッと伸びるような、まるでボールがホップしているかのような印象がある。

マウンドから中川が俺をじっと見ている。「どうだ、俺の球が打てるか？」と言っているように思えた。

2球目はカーブだった。

俺は、なんとかバットに当て、ファールでしのいだ。

3球目はスライダーでボール。そして4球目はシュート。俺はファールで粘った。多彩な変化球だ。まるで、すべての持ち球を、俺に見せてくれているみたいだった。

バットを構え、マウンドの中川を見る。中川も、俺をじっと見ている。

井口と戦ったときもそうだったけれど、いいピッチャーと対戦するのは本当に楽しい。もちろん試合に勝つことが第一目標だけど、いいピッチャーとの戦いには別の楽しみがある。

中川も、俺に投げるのを、楽しんでいるのだろうか……。

とにかく、すごい球だけれど、決して打てないわけではない。

俺たちは、江田川の井口のストレートと高速スライダーを打ってきたんだ。この角度のあるストレートだって、目が慣れればきっと打てるはずだ。

つまり、勝負は終盤になってくる。

そこまでは、和合の攻撃を、俺たちは全力でしのがなければならない。


〈杉田〉


本当に信じられないな。これが全国大会の決勝だなんて。

これに勝てば日本一。つまり、中学野球の頂点に彼らは立つ。まさか、自分が顧問を務める部活が、日本一に王手をかけるとは思いもしなかった。

「杉田先生、どうしたんです？　ぜんぜんスケッチしてないですやん」

ベンチに戻ってきた近藤君に、声をかけられた。彼は、この緊迫した試合であっても、ある種のマイペースを保ち、平静さを維持しているように見える。

「ああ、なんか緊張してしまって。ほら、ピンチの連続だから」

「大丈夫ですよ。ウチの守備はメッチャすごいですから。安心して、スケッチしといてください」

そう言って、近藤君はニコリと笑った。

試合は、3回の表を終え、墨谷の攻撃中。0対0の同点だった。

ただ、内容的には、和合中がウチを圧倒していた。それは、ユニフォームの汚れを見ればわかる。

墨谷の選手たちは、全員が泥まみれだった。それに対して、和合の選手たちのユニフォームはキレイなままだ。

「いいか！　和合は、俺たちの前進守備を見て、叩きつけるバッティングをやめたみたいだ。内野は、今より二歩ぐらい下がって守ってくれ。でも定位置よりは前だぞ」

イガラシ君が、ベンチの仲間に細かい指示を出す。

本当に優れたキャプテンだ。

「あいつら、俺たちの守備にウンザリしてきてるぞ。このまま無失点でいこうぜ！」

副キャプテンの久保君も、大きな声を出した。

彼が、イガラシ君をしっかり支えている。

「なんか、雨の中で試合をするのが楽しくなってきたな。泥だらけも、逆にテンションが上がってきたぜ」

今度、声をあげたのは小室君だった。彼の言葉は、いつも前向きだ。チームをポジティブにさせている。

そう。

チームは一つになっている。みんな、とても楽しそうに試合をしている。まるで泥んこ遊びをしている小さな子供たちのようだ。

だからこそ、和合という強豪を相手にしてもひるむことなく、自分たちの実力を１００パーセント発揮できているのだろう。

素晴らしいチャレンジ精神だと思う。

イガラシキャプテンの掲げた「日本一になる」という夢。それは、墨谷のような普通の公立中学校の選手たちにとって、途方もない夢だ。まじめに口にしたら笑われるような、大きすぎる夢だ。

でも、彼らは一度もあきらめなかった。その夢に向かって力を合わせ、本当にここまでやってきた。

挑戦してみようか、もう一度、私も……。


五年前、私は、美術大学に通っていた。

卒業を前にして出品した大きなコンクール。

私ではなく、後輩の作品が大賞を受賞した。

その大賞をとった絵を観たとき……、私は、才能の違いに打ちのめされた。私がどんなに努力しても、この絵を上回ることはできないと思った。

それ以来、なんとなく臆病になっていて、コンクールとかには出品していない。


でも、今、私はウズウズしている。

イガラシ君たちを見ていて、そんなちっぽけな自分を大事に守っていても、仕方ないと感じている。

もう一度、本格的に、絵を描いてみよう。この大会が終わったら、コンクールに出す絵を描こう。

それはきっと、野球をしている少年たちの絵だ。

〈近藤〉

不思議だな、指がぜんぜん痛くない。

昨日、病院に行ったからかな?

割れた爪には、テープが貼られ、それを液体絆創膏で固めるという処置がしてあった。とにかく、ぜんぜん指が痛くない。

これならピッチャーだってできる。

もちろん、万全ではないけれど、投げろと言われたら、ボクはいつでもマウンドにあがる用意があった。

4回表。和合の攻撃。

ライトのポジションからイガラシさんの投球を見守る。とても辛抱強く、ていねいにコーナーを突くピッチングをしている。

それにしても和合中はよく打つ。さすがは、二度も全国優勝をした人たちや。

でも、攻撃はちぐはぐだった。ダブルプレーをとられたあとに二塁打を打ったり、効率が悪すぎる。内容的には和合が押しているけれど、まだ0対0で同点のまま。和合は、少し焦り出したように見える。

イガラシさんが、投球体勢に入った。

さあ、試合に集中や。ツーアウトとはいえランナー二塁。シングルヒットでも先制点を取られる可能性がある。

ボールがライトに飛んできた。

「近藤ォォ！」

センターの久保さんの声が聞こえた。ライト前のヒット。セカンドのランナーは間違いなくホームを狙うはずだ。

任せといてください！

心の中で叫んで、ボクはボールへと突っ込んでいく。

「うっしゃぁぁぁ！」

ボールを捕ると同時にバックホームをする。

小雨を切り裂いて、ボクの投げた球が小室さんのミットに吸い込まれていった。

「アウトォ！」

主審の右手が上がった。

どんなもんです、ボクのこのバックホーム。

ピッチャーもいいけど、外野の守備もけっこう楽しい。どこを守ったって、野球は楽しいんだなと、ようやくボクは思えるようになった。


〈イガラシ〉


「イガラシ、スタミナは大丈夫か？」

隣に座る久保が言った。

「ああ大丈夫だ。どうして？」

「いや、だいぶ和合も、お前のボールに合ってきてるからな。ここらで、近藤もありかと思って」

「うーん……」

そんな風に久保と話しながら、俺はたしかに、ピッチャーの交代を考えていた。ここまでは和合のちぐはぐな攻撃に助けられていたが、低めの変化球で打たせてとる俺の投球に、あいつらはバットが合い始めていた。

「近藤、お前、指は大丈夫なのか？」

やはり気になるのはそのことだ。

「ハイ！　バッチリです」

そう言って近藤は右手の爪をみんなに見せた。

「痛みはないのか？」

「ハイ。さっきのバックホーム、みなさんも見たでしょう？」

「よし、じゃあ、ピッチャーを交代しよう。次の回から近藤が投げろ。それで俺がサードに入る。サードの松尾がライトだ。いいな！」

近藤はムラっ気のあるタイプだが、今はいい感じで試合に集中している。

それに、近藤は、俺と違って力で押していくピッチングだ。近藤がリズムよく投げれば、ウチの攻撃にもいい影響が出るかもしれない。

ここらで、試合の流れを変えたい。

〈小室〉

俺は、マウンドの近藤のところへと走る。

他の内野陣も集まってきた。

6回の表の和合の攻撃。近藤が打ち込まれ、ワンアウト満塁のピンチになった。

近藤は、しきりと首をひねっている。調子がいいのに打たれるのが、納得いかない顔をしている。

「気にするな、近藤！　お前はよく投げてるぞ」

「けど、小室さん、あんまフォークが落ちてないような……」

「雨で滑ってるんだ。滑り止めのロージンバッグを使え。とにかく、お前はよく投げてるよ」

そう言って近藤をはげます。

実際、近藤はよく投げていた。交代した5回は、和合を三者凡退にきってとった。毎回ランナーを出していたイガラシよりも、よほどいいピッチングだった。だが、さすがに和合中もたいしたものだ。すぐに、近藤の速球にタイミングを合わせてきた。しかも、この雨で、近藤の決め球であるフォークがあまり落ちない。

「4番とはいえ終盤だからな。スクイズの可能性もある。前進守備でいこう。1点もやるな」

イガラシが内野陣に指示を出した。そして、それぞれの守備位置へと戻る。

俺はミットを外角低めに構えた。

バッターは4番の下坂。すごいバッターだけれど、和合は打順に関係なく、送るべきときには送ってくる。だから、スクイズがあるというイガラシの読みは正しいと思った。

だが……。

下坂はバットを振り抜いてきた。それほど強い打球ではなかったが、前進守備のイガラシの頭を越し、ボールはレフト線へと飛んだ。二人のランナーが生還してきた。

0対2。ついに先制点を奪われてしまった。


〈イガラシ〉


「さぁ、打っていこうぜ!」

6回の裏。2点差を追う俺たちの攻撃だ。

ベンチから、この回の先頭バッター、5番の近藤に、俺は声援を送った。
ようやく、二階から投げ下ろすような中川の球にも目が慣れてきていた。ただ、残りはあと2回しかない。

カキーーーン！

気持ちのよい金属バットの音が球場に響いた。

「行ったぁ‼」

ベンチのみんなが総立ちになった。

近藤の打った球は、大きな放物線を描いて、スタンドへ……入らなかった。ホームランと思った当たりは、風に押し戻され、グラウンドに戻ってきてしまった。

「近藤、走れ！」

聞こえないのは承知で、大声で怒鳴った。

近藤もホームランだと思ったらしく、ボールの行方を見ながら、ゆっくりと歩いてしまっていた。慌てて走り出したが、結局シングルヒットにしかならなかった。

「なにやってんだ！　ちゃんと走れば、ツーベースは確実だったろ！　イガラシ、あとであいつから罰金を取ってやってくれ！」

久保が、そう言って嘆いた。

思わず笑ってしまう。まったく、近藤って奴は、ほめればいいのか、叱ればいいのか。

でも、初めてのノーアウトのランナーだ。ここは大切にいこう。

6番の小室は凡退したが、ランナーを送るバッティングをしてくれた。さらに和合の守備のミスもあって、ワンアウトでランナー三塁。

俺は、スクイズのサインを出し、7番バッターの松尾が、確実にスクイズを決めた。

「よっしゃぁぁ！」

ベンチで仲間たちが騒ぐ。

先制点を取られたあとに、すぐ取り返す。これで1対2。いい流れだ。


〈久保〉


雨が激しくなってきた。

審判の人たちがホームベース付近に集まり、話し合いをしている。ひょっとすると試合の中断があるかもしれない。

　最終回の7回表、和合の攻撃。俺たちは1点を追加され、1対3にされてしまったところだった。

「久保さん！　ベンチに戻ってください！」

　セカンドの慎二が、俺たち外野に大きく手を振り、ベンチに戻るよう伝えている。やはり、中断が決定したようだ。

「元気出せ、近藤。お前はよく投げたよ。バッティングで返せばいいんだ！」

　外野からベンチに戻ると、イガラシが近藤をはげましているところだった。

　この回の失点は、スクイズの処理を焦った近藤が足を滑らせ、エラーしてしまったことが原因だった。

「試合が再開したら、俺がもう一度マウンドにあがる。近藤はライトに入れ」

「いや、ちょっと待ってください！　ボク、このままじゃ終われませんて！」

「でも、和合は、お前のフィールディングのまずさを狙ってきてるんだ。わかったろう。日本一になるには、穴があったらダメなんだ」

「……はい」

「得意なことばっかりやってちゃダメだぞ。弱点をつくるな。いいか？　二学期からは、お前が部員たちにやらせるんだぞ」

「はあ。……えっ？」

近藤が驚いて、イガラシを見た。

実質的なキャプテン指名だった。

「はい、わかりました。イガラシさん」

近藤にも、その意味は通じたようだった。返事をした近藤の顔は、心なしか引き締まって見えた。

「久保、体を冷やすなよ」

そう言いながら、イガラシは隣に座った。

「大丈夫だ。雨なんか関係ないから、早く試合をやりたくてうずうずしてるよ」

「俺もだ。不思議だな。ぜんぜん寒くならない」

俺は、ベンチの中から雨の様子を観察する。かなり強い降りだが、中止になることはないだろう。西のほうの空は、うっすらと明るくなっている。

「なあ、イガラシ。この大会が終わったら、海にでも行かないか？」

ふと思いついたことを、口にしてみた。

「海？」

「ああ、イヤか？」

「いや、そんなことない。海か。いいな。遊びに行くか！」

「いいね、俺もまぜろよ！」

小室が加わってきた。

「もちろん！　これが終わったら、俺たち3年は野球部引退だ。受験勉強もしなきゃなんないけど、その前にちょっとは遊ぼうぜ」

「それって、3年生だけで行くんですか？　ボクらも誘ってくださいよ」

近藤が口をはさんできた。

「うるさいな。これは、3年だけの会なんだよ。2年は2年同士でやれ」

「そうだ、お前はあっついグラウンドで、練習してろ！」

俺と小室がそれぞれ言って、みんなが笑い出した。

と、なにかに気づいた様子の松尾が、申し訳なさそうに口をはさんできた。

「あのお、スタンドで丸井さんが『こんなときは、ベンチで笑い話でもして、リラックスするんだ』って言ってるんですけど……」

「いや、もうやってるから」

イガラシが笑いながら言った。

「心配しないでくださいって言っといてくれ。……いや、言わなくていいや。わざわざ雨の中を外に出る必要もないし」

「ホンマですよ。なんで丸井さんて、あんなにおせっかいなんでしょう」

近藤がここぞとばかりに言う。

「けど、丸井さんがおせっかいじゃなくなったら、それはもう丸井さんじゃないから」

俺がそう言って、みんなが笑い出した。

少し、雨足が弱まり始めた。

いずれ試合が再開する。

最終回の攻防。もう1点もやれない。そして、この裏の攻撃で、俺たちは絶対に逆転し、日本一になるんだ。

〈松尾〉

よかった。雨が小降りになり、やっと試合が再開することになった。僕は誰よりも早くベンチを飛び出し、サードのポジションへと走る。

試合は7回の表。ワンアウトで、ランナーがまだ三塁と一塁にいるところからだ。

ピッチャーは、近藤さんからイガラシさんに戻った。僕は、サードのポジションから投球練習をするイガラシさんの姿を見つめる。やはり投げる姿がとてもカッコいい。

「よーし、しまっていけよ！」

マウンド上のイガラシさんが振り返って、大声をあげた。

「おおぅ！」

僕も負けじと大声を張り上げる。

声が大きすぎたのか、イガラシさんが僕を見て笑った。

「松尾、頼んだぞ！」

「ハイ！」

そんなやり取りがとてもうれしい。

野球部に戻ってきて、本当によかった。慎二と佐藤には感謝しかない。

＊

あのころ、僕はやることもないまま、ただ河川敷でボンヤリとしていた。

「松尾！」

そう声をかけられ、振り返る。そこにいたのは慎二と佐藤だった。

「松尾、キャッチボールでもやろうぜ」

慎二がそう言って、僕にグローブを放った。思わず受け取ってしまったけれど、そのときの僕は、とてもそんな気分になれなかった。

「いや、やらない」

「どうして？」

慎二が尋ねた。

「どうしてって……。もう僕は、野球部をやめたんだから」

「戻ってくればいいだろ」

「いや……でも……」

「でも、なんだよ？」

佐藤が強い口調で言葉をはさんできた。

「でも、みんなに迷惑をかけちゃったから……」

「迷惑なんてかかってねえって。あれは事故なんだから」

「でも……、やっぱり、僕はやめたほうがいいと思う」

そう言って僕は、慎二にグローブを返そうとした。


バン！

そのグローブを受け取った慎二は、僕に思いっ切り投げつけてきた。ビックリするほど強い力で。腹でそれを受けた僕は、思わず尻もちをついてしまった。

「松尾！　ダメだ。絶対にやめさせないぞ。だってお前は……、お前には、兄ちゃんが期待してるんだ！」

「イガラシさんが……」

驚いて慎二を見る。その目には、涙がにじんでいた。

「そうだよ、兄ちゃん、ウチに帰っても、松尾には野球センスがあるって。いい奴が、同じ学年にいてよかったなって……。なのに……」

「慎二……」

「だから、やめるなんて許さないからな。僕は、松尾と、佐藤と一緒に、全国優勝するんだからぁ！」

慎二が泣いていた。僕の目からも、涙がこぼれた。


野球を続けたい。イガラシさんと。

僕が野球部に入ったのは、イガラシさんがいたからだ。

昨年の夏、青葉学院との決勝で放った、あのサヨナラホームラン。

今でも、僕の目に焼きついている。

そのイガラシさんが、あこがれのイガラシさんが、僕をほめてくれている。

僕のことを見てくれている。

僕は、イガラシさんと、一緒に野球がしたい……。

と、佐藤が、僕と慎二の肩を叩いた。

「さあ、行こうぜ。慎二も一緒に来いよ」

「え、どこに？」

「松尾の家だよ。一緒に行って、松尾のお母さんに頼もうぜ。一緒に野球をやらせてくださいって」

佐藤が笑顔で言う。僕は涙をぬぐって、うなずいた。

＊

そして今、僕は、全国大会の決勝戦の舞台に立っている。

ワンアウト、ランナー一塁、三塁。

もう絶対に追加点をやることはできない。必ず守ってやる。イガラシさんを助けるんだ。

「プレイ！」

審判の右手が上がり、イガラシさんが第１球を投げた。

キーン！

和合の3番が、いきなりバットを振り抜いた。

打球が飛んでくる。サード線上のライナーだ。


届くか……。いや、あきらめてたまるか！


夢中で体を飛ばした。そのまま思い切りグローブを差し出す。

感触があった。でも、捕れたのか、グローブの先ではじいてしまったのかがわからない。体が地面に落ちると同時に、僕はグローブを確認した。

ボールが入っていた。ダイレクトで捕ったんだ！

飛び出していたサードランナーが、必死に戻ってくる。

僕は再び宙を飛んで、体ごとタッチにいった。

「アウトォォ！」

サード塁審の声が聞こえた。

やった！　ダブルプレーだ！

「いいぞ、松尾！」

マウンドのイガラシさんが駆けつけて、僕の背中を叩いた。

「ありがとうございます！」

「お礼を言うのはこっちだ。いいファイトだった」

「ありがとうございます！」

あこがれのイガラシさんに、尊敬するイガラシさんに、僕は今、ほめられている。一緒に野球をやっている。本当にうれしい。

イガラシさんが笑っている。二人で並んで、ベンチへと戻る。

「直樹ぃ、いいぞぉ！」

母さんの声がした。

僕はチラリとスタンドを見上げた。母さんが応援に来ているとは知っていた。でも、野球部のみんなには言わないようにしていた。だって、僕と母さんは、野球部にすごい迷惑をかけてしまったんだから。

「松尾、お母さんに手を振ってやれよ」

イガラシさんが笑って僕に言った。

「え？　イガラシさん、母さんが来てること知ってたんですか？」

「ああ。スタンドの上のほうだったから、会釈だけしといた。でも、ちゃんと会釈を返してくれたぞ」

そうだったのか。ぜんぜん気がつかなかった。でも、イガラシさんが知っているなら隠す必要もない。

僕は、手を大きく振って、母さんの声援に応えた。

〈**森口**〉

クソ！　どいつもこいつもしぶとくてうまい。

墨谷の野球は、本当にねちっこくていやらしい。

最終回の墨谷の攻撃。ワンアウトはとったものの、1番バッターにヒットを打たれた。

そして、今の2番バッターの打球も、アウトにはしたが、ヒットになってもおかしくない当たりだった。

ただ、これであと一人だ。あと一つアウトをとれば、俺たちの勝ちだ。

俺はマウンドへと走った。

「まだ2点差あるぜ。中川、落ち着いていこう」

「ああ。大丈夫だ、焦ったりしない」

そう言って中川は笑った。

「でも、たいしたもんだよ、墨谷は。俺の球に対応してきているな」

「ああ。ここで終わりにするぞ。イガラシまで回したらやっかいだからな」

「そうだな。それで優勝だ」

どこか中川の表情がぎこちない。

やはり緊張しているのかもしれない。

「そうだ、俺たちの優勝だ。春の選抜を合わせて、三大会連続で日本一だぜ」

〝優勝〟を口にしたからといって、プレッシャーがかかるほど中川はヤワな男じゃない。むしろ気合いが入って、かえって球威が戻ってくるはずだ。

さあ、次のバッターで試合を終わらせよう。

イガラシに回すわけにはいかない。

〈久保〉


絶対に打つ！

俺は、気合いを入れバッターボックスに立った。

ツーアウト。ファーストに、ランナーの曽根がいる。

「久保、俺にも打たせろよ！」

ネクストバッターズサークルのイガラシから声がかかった。

「おう」

俺はそう答え、バットを構えた。ヒットが理想的なのはもちろんだが、フォアボールでもデッドボールでも振り逃げでも、なんでもかまわない。とにかく塁に出て、イガラシにつなぐ。

イガラシに回せば、きっとなんとかしてくれる。

だって、あいつは、俺たちのキャプテンなんだから。


第一球。低め、ストライク。

これだけ投げても、まだ球威は落ちないのか。

第2球。外角に流れるカーブを見逃す。ボール。

ワンボール、ワンストライクになった。俺はバッターボックスを外し、チラリとイガラシを見る。


(任せろ。必ずお前に回す)

心でそう言う。と、通じたのか、イガラシがコクリとうなずいてくれた。


イガラシ、お前みたいなスゴイ奴と一緒に野球ができて、本当に楽しかったぞ。

お前は、自分では気がついていないかもしれないけれど、とんでもなくすごい男なんだ。

お前は、野球でどこまででも行ける男だ。

プロになって活躍したとしても、俺は驚きはしない。

いや、将来、メジャーリーグで大活躍しても、ぜんぜん驚かないね。そりゃ、井口や、和合の中川なんかのほうが素質は上かもしれない。

けど、最後に本当に成功するのは、お前みたいな奴じゃないかなって思うんだ。

お前みたいに、自分を信じて、努力を続けられる奴じゃないかなって思うんだ。

あらためて気合いを入れ、俺はバットを構えた。

第3球。低めのストレート。いける。俺は思い切りバットを振った。

ガキン！

力強い打球音がグラウンドに響いた。ボールはグングンとライト方向に伸びていく。

行け！　心の中で叫んだ。そして、全力で走る。

ボールはライトの頭上を越え、長打コースになった。曽根がサードベースを回った。よし、これで1点を返した。

俺は、三塁へと滑り込んだ。三塁打になった。

どうだ、イガラシ。お前につないだぞ。

だから、あとは任せたからな。


〈イガラシ〉

2対3、1点差だ。そして、久保がランナーとしてサードに残っている。ヒットで同点。そして、ホームランなら逆転サヨナラだ。

「イガラシ、頼むぞ！」

サードから久保の声が聞こえた。

わかっている。ツーアウトだけど、お前のおかげで打順が回ってきた。絶対に、俺がここで決めてやる。

１球目は外角のボール球だった。

よし、中川は少し力んでいる。これなら打てそうだ。

来た！

２球目。

俺は思い切りバットを振り抜き、同時に走り出した。手ごたえは十分だった。

が、当たりは大きかったが、ボールはレフトのファールスタンドに飛び込んでいった。

クソ！　ファールか。

でも、打てる。

次こそ決めてやろう。

〈中川〉


タイムを取り、森口がマウンドへと走ってきた。

「中川、力でねじ伏せようとするな。ボール球を有効に使っていこう」

マウンドにやってくるなり、森口が言った。

「大丈夫だよ。わかんないのか？　イガラシはすごく力んでいる。今のあいつに、俺の球は打てやしねえよ」

「中川、お前も少し深呼吸をしろ」

森口が真剣な表情で言った。

「なんで？」

「イガラシが力んでるのはわかってる。でも、お前も力が入りすぎてる。だから、深呼吸して力を抜け」

「俺が？」

「そうだ。冷静になれ。イガラシは気持ちが入りすぎてる。だからボール球に手を出させて打ち取るんだ。真っ向勝負する必要はない」

そうか。さすが森口。

たしかに、俺も熱くなっていたようだ。力でねじ伏せるより、かわすピッチングのほうがここは賢明なようだ。

言われた通り深呼吸をして、森口を見る。

「わかった。それでいこう。ありがとな。お前とバッテリーが組めてよかったよ」

森口がニヤリと笑い、キャッチャーズボックスへと戻っていった。


試合再開。

森口のサインは、ストライクからボールへと流れるカーブだった。打ち気にはやったイガラシなら、間違いなく手を出してくる球だ。

もう一度、深呼吸をして、森口のミットをめがけて投げた。

よし、イガラシがスイングした！

ボールは、フラフラとファーストのファールフライになった。

決まった、これで試合終了だ。

〈夏樹〉

スタンドからいっせいに悲鳴があがった。

イガラシくんの打った球は、一塁側のファールフライになった。和合の選手が、懸命にボールを追いかける……。ギリギリでスタンドに入った。

助かった。今度は安堵のため息がスタンドをおおった。

「どうした、イガラシ！　力が入ってるぞぉ！」

野球部の前キャプテンの丸井さんが、大声を出す。

でも、イガラシくんの耳には届いていないようだ。そして、わたしの目にもイガラシくんは力が入りすぎているように見える。あの、いつでも冷静なイガラシくんが。

「イガラシ！　落ち着け！」

イガラシくんがこちらを見ない。また丸井さんが声をかけた。

聞こえていないのだろうか。

「イガラシくん！　落ち着いて!!」

思わず立ちあがり、わたしは、大声を出した。

イガラシくんがこちらを見た。

「イガラシ！　仲間を信じろ！　次につなぐんだ！」

丸井さんがすかさず叫ぶ。

イガラシくんが小さくうなずいた……ように見えた。

間違いなく届いたはずだ。みんなの気持ちは、ちゃんとイガラシくんに伝わったはず。

大丈夫。あとは信じるだけだ。

〈**イガラシ**〉

「イガラシ！　仲間を信じろ！　次につなぐんだ！」

大西の声に続いて、丸井さんの声が聞こえてきた。

仲間を信じろ……か。

フッと一つ、大きく息をはいた。

たしかにそうだ。俺は自分で決めてやろうと力が入りすぎていた。ホームランじゃなくていいんだ。次の次の小室を信じて、つなぐ野球をすればいいんだ。

ネクストバッターズサークルの近藤を振り返る。

(お前につなぐぞ。あとは頼んだ)

そう心で伝え、バットを構える。自分で決めてやるという気負いが消えたせいか、リラックスして体が軽くなったような気がした。

中川が投げた。高めのボール球。

なるほど、打ち気にはやる俺を誘って、凡打を打たせる作戦だったのか。この土壇場でさすがだなと感心した。

だが、もう俺は大丈夫。フォアボールで出塁したっていい。近藤や小室だって、俺と同じくらい手強いバッターなんだ。

中川は、続けてボール球を投げてきた。冷静になった俺は、もうボール球には手を出さない。

スリーボール、ツーストライクになった。もし、俺がフォアボールで出塁したら逆転のランナーになる。それは和合バッテリーとしても避けたいはずだ。

次はストライクを投げてくる。そう確信した。

集中しろ。

だが、自分で決めようなんて考えるな。仲間を信じるんだ。

そう自分に言い聞かせて、バットを構えた。

中川が投げた。

インコース低めのストレート。ストライクコースだ。

思い切りバットを振った。気持ちのいい感触がバットを通じて手に伝わってきた。

ボールはレフトへとぐんぐん伸びていく。全力で走った。打球はレフトの頭上を越えた。三塁ランナーの久保がかえり同点となる。

そして、俺はセカンドへと滑り込む。

よし。近藤、あとは頼んだぞ。


〈近藤〉


よっしゃ、行くか！

ボクは、張り切ってバッターボックスに向かう。

7回裏、ついに同点に追いついた。そして、逆転のランナーであるイガラシさんがセカンドにいる。

よし、ボクの一打でサヨナラだ。

セカンドランナーのイガラシさんを見る。だいぶ疲れているようだ。シングルヒットでは、ホームインできないかもしれない。最低でも二塁打コースの長打がほしいところや。

第一球。

ブン！　思い切りバットを振った。

でも、手ごたえがない。空振りだった。

「近藤！　ミートでいいんだよぉ！」

丸井さんの大声が聞こえてきた。

わかってます。でも、こっちにも事情があるんです。

ボクは、ボクのバットで、イガラシさんをホームにかえしたい。疲れているイガラシさんを、ラクにホームに戻してあげたいんです！

イガラシさんみたいなすごい人がおらんかったら、全国大会の決勝なんて絶対にムリだったはずや。

だからこそ、そのお返しを、ボクは、このバットでしたい。

イガラシさん、待っててくださいね。必ずボクが打ってみせますから。


〈丸井〉


「タイム！」

思わずそう叫んでしまった。

もちろんスタンドからタイムなんか要求したって通るわけがない。でも、そうせずにはいられない気分だった。

「近藤、大振りをするな！　おいベンチの奴ら、聞こえないのか！　誰か伝令に行ってこい！　仲間を信じて、ミートをしろと言ってきてくれ！　イガラシは走れる！　お前の後ろには小室だっているんだ！」

もう大声を出しすぎて、俺の声はかれてしまった。

でも、いてもたってもいられない。このままフェンスを飛び越えてグラウンドに入っていきたい気分だった。

　疲れていて走れないイガラシを思う気持ちはわかる。でも、野球っていうのはそういうものじゃない。仲間を信じることが大切なんだ。

「丸井、落ち着きなよ」

　隣に座る谷口さんが言った。

「大丈夫、近藤はちゃんとこっちを見たから。丸井の言葉はちゃんと届いているよ」

「でも……。今のスイングを見てると、いいカッコしようとしてるとしか……」

「大丈夫」

　谷口さんはキッパリと言い切り、そしてニコリと笑った。

「彼らを信じよう。イガラシは最高のチームを作ったんだ。近藤はきっと打てるよ」

「はい」

　谷口さんに、そう言われると、そんな気がしてくる。やっぱり谷口さんは不思議な人だ。

　今の墨谷は、あのイガラシが作ったチーム。

　あいつがいたせいで、俺なんか、レギュラーを外されたし、キャプテンなのに、一度だって4番を打つことができなかった。そんなすごいイガラシが作ったチームなんだから。任せればいいんだ。

和合のピッチャーが投げた。

近藤は軽く、それでいて鋭（するど）いスイングでボールを打ち返した。

「やったぁぁ！」

スタンドの全員が立ちあがった。近藤の打球は、三塁線を抜（ぬ）けていった。

けれど、打球は、雨のせいで球足が遅（おそ）かった。レフトが追いつき、すぐに内野に返球してきた。

そのとき……。

イガラシは、サードベースを回ったところだった。


〈イガラシ〉


走れ！　走れ！　走れ！

そう自分に言い聞かせた。ボールがどこにあるかなんて確認する必要はない。最短のコースを最速で走ってホームベースに飛び込めばいいだけだ。

ホームベースしか見えていなかった。

何も聞こえてこない。

静寂の中、俺はホームベースを目指して走る。

疲れているはずなのに、驚くほど体が軽い。みんなの気持ちが、俺の背中を押してくれているのがわかった。

キャッチャーの森口が捕球の体勢に入ったのが見えた。

でも関係ない。このまま、まっすぐ、頭からホームベースに飛び込んでいこう。

行け！

あと少しで届く！

思い切り手を伸ばし、ホームベースに頭から滑り込んだ。ほぼ同時に森口がタッチしてきた。

間に合ったのか……？

「セーフ！」

頭上から主審の大声が聞こえた。

俺の指先はしっかりとホームベースに届いていた。


勝った……。

ほんの少しだけ目を閉じ、自分だけで喜びをかみしめた。

そして、膝立ちになり、チームのみんなやスタンドの仲間に体を向けた。

「しゃあァァァァ！」

膝立ちのまま、俺はホームベース上で吠えた！

勝利の雄叫びだ。

雨の中、心のままに俺は大声を出した。

「やったぞぉぉぉ！」

俺は再び吠えた。気持ちが昂揚して、いくらでも大きな声が出せた。

みんなが走ってくるのが見えた。

俺も走る。そして、そのままみんなの輪の中に飛び込んでいった。

エピローグ

あかん、あかん、遅れてしまった。

ボクは急いで昇降口を飛び出すと、全力で走り出した。

校舎の角を曲がり、グラウンドが見えるところまで来ると、バックネットのあたりに、たくさんの人が集まっているのが見えた。

思わず立ち止まってマジマジと眺める。いっぱいおるなぁ。あれ、みんな新入部員か？

「近藤ぉぉ！　早く来いよ！」

グラウンドから牧野クンの大声が聞こえた。

ボクは慌てて、また走り出す。副キャプテンの牧野クンは、なかなかボクに厳しい。

「キャプテンが遅刻なんて、どういうことだ！」

牧野クンが怒鳴る。

「ゴメン、ゴメン！　すぐに着替えてくるから、ちょっと待っててや！」

立ち止まると怒られるから、ボクは、そのまま部室へと駆け込んでいった。

ずいぶんたくさんいるな。

着替えを終えて、ボクはあいさつをするために、新入部員たちの前に立った。

三十人以上はいるだろう。

これを知ったら、イガラシさんは喜ぶだろうな。


昨年の二学期、ボクは、イガラシさんの跡を継いで、墨谷野球部のキャプテンになった。

そしてそのとき、やめていった1年生たちの何人かが野球部に戻ってきた。

慎二や松尾、佐藤たちが声をかけたからだ。もちろんボクたちは、みんな彼らを受け入れた。

いや、ボクたちだけではなかった。引退した3年生たちも、戻ってきた人がいると聞いて喜んでいた。

特にイガラシさんはうれしそうだった。野球部に顔を出し、戻ってきた奴らに、がんばってくれと声をかけていた。


「近藤、どうした？　緊張してるの？」

曽根クンに声をかけられた。

ボクはあいさつをするために1年生の前に立っていたのに、ついイガラシさんのことを思い出してしまっていた。

「そんな、ボクが緊張するわけないやん」

そう言って笑い、ボクは1年生たちに向き直った。そして、コホンと一つ咳払いして、話し始める。

「キャプテンの近藤や。ウチの野球部はメッチャ厳しいで。覚悟しといてや。でも、がんばれば絶対に楽しい。だから、みんな、がんばっていこうな!」


〈キャプテン・完〉

○ちばあきお
本名・千葉亜喜生。1943年生まれ。『サブとチビ』（なかよし）でデビュー。『キャプテン』（月刊少年ジャンプ）で、野球マンガの新境地をひらく。『キャプテン』、『プレイボール』（週刊少年ジャンプ）で、第22回小学館漫画賞を受賞。1984年没。享年41歳。

○山田明
1965年生まれ。関東学院大学経済学部卒。『マラバ・テマルとの十四日間』（リンダパブリッシャーズ）で、第2回日本エンタメ小説大賞優秀賞を受賞。『トカレフクラブ』で、第2回松田優作賞準グランプリを受賞。『ユーチュー部!!』、『ユーチュー部!! 駅伝編』（学研）など著書多数。

キャプテン　それが青春なんだ

2017年8月1日　　第1刷発行
2022年12月15日　第7刷発行

原作　ちばあきお
小説　山田明
発行人　土屋徹
編集人　代田雪絵
企画編集　安藤聡昭
目黒哲也

発行所　株式会社Gakken
〒141-8416　東京都品川区西五反田2-11-8
印刷所　大日本印刷株式会社

この本に関する各種お問い合わせ先
●本の内容については、下記サイトのお問い合わせフォームよりお願いします。
https://www.corp-gakken.co.jp/contact/
●在庫については　Tel 03-6431-1197（販売部）
●不良品（落丁、乱丁）については
Tel 0570-000577
学研業務センター
〒354-0045　埼玉県入間郡三芳町上富279-1
●上記以外のお問い合わせは　Tel 0570-056-710（学研グループ総合案内）

ISBN 978-4-05-204682-7　NDC913　336P

学研グループの書籍・雑誌についての新刊情報・詳細情報は、下記をご覧ください。
学研出版サイト　https://hon.gakken.jp/